勇闖宇宙三部曲

宇宙起源大霹靂

露西‧霍金 & 史蒂芬‧霍金——著
Lucy & Stephen Hawking

蓋瑞‧帕爾森——插畫
Garry Parsons

張虹麗、顏誠廷——譯

金升光——知識審訂

獻給薇拉、蘿拉和喬志
蘿絲、喬志、威廉和夏綠蒂

最新科學理論

本書我們分享了幾篇很棒的文章，讓讀者多瞭解一些最新的科學理論。這些文章出自下列傑出的科學家：

知識小百科

除了精采的故事情節，本書談到很多科學知識，我們以特定主題歸納出知識小百科，提供更豐富完整的訊息來深入探討宇宙的奧祕與相關科學。

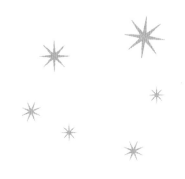

第一章

全宇宙最讚的豬窩在哪？安妮在超級電腦卡斯摩的鍵盤上敲下這幾個字。「卡斯摩一定知道答案！」安妮宣布:「卡斯摩一定可以幫肥弟找到一個比那個破農場還要舒服的地方。」

事實上,肥弟現在住的那個農場並沒有什麼好挑剔的——至少,其他在那兒的動物看起來都開開心心的,除了喬志的寶貝豬仔肥弟,肥弟老是一副悶悶不樂的樣子。

卡斯摩這個世界上最厲害的超級電腦正在搜尋千百萬個檔案,試著替安妮的問題找出個答案。這時,喬志難過地發牢騷:「我覺得好慘喔!肥弟一定很生我的氣,牠甚至連正眼都不看我一眼。」

「可是,牠會看**我**呦!」安妮以非常熱烈的口吻,回應喬志的抱怨,眼睛繼續瞪著螢幕瞧。「

我真的有看到肥弟用牠那雙小小的瞇瞇眼望著我,好像在對我說:**救命阿!安**

妮，快把我弄出去！」

　　那天，喬志和安妮離開他們住的大學城——福克斯鎮，到鎮外的農場去探望肥弟。然而，事情並沒有進行得很順利。傍晚的時候，當安妮的媽咪蘇珊來接他們兩個回家時，發現喬志竟然氣得滿臉通紅，安妮則是一臉快要哭出來的樣子，蘇珊不禁嚇了一大跳。

　　「喬志！安妮！」蘇珊問：「你們兩個是怎麼搞的？」

　　「是肥弟啦！」鑽進汽車後座之後，安妮迫不及待地報告：「牠已經受夠那個又髒又舊的農場。」

　　肥弟是喬志的寵物豬。當阿嬤把肥弟送給喬志當聖誕禮物時，肥弟還是隻小豬仔。喬志的爸媽是環保人士，言下之意，他們對於送禮物給小孩子這件事並不是非常熱衷。他們不喜歡看到聖誕節過後，壞掉、不要的玩具被扔到垃圾車，變成滿山滿谷的廢物，裡頭盡是老舊的塑膠和金屬。這些廢棄物最後不是在陸上成為其醜無比的垃圾山，就是飄浮在海面，不小心被海洋生物吞下肚，導致鯨魚被噎死，或者是海鷗被勒死。

　　喬志的阿嬤心理明白的很，如果她送給喬志一個普普通通的聖誕禮物，喬志的爸媽鐵定會直接打回票，最後惹得每個人都不開心。如果是要找一個可以讓喬志留在身邊的聖誕禮物，阿嬤肯定得要送一個非常別出心裁的禮物——一個對環境**有益**的東西。

　　也因為這樣，在一個寒冷的聖誕夜，喬志在家門前的階梯發現了一個紙箱，裡面有一隻粉紅色的小豬仔以及阿嬤留下來的紙條，上面寫著：**你可以給這頭小豬仔一個溫暖的窩嗎？**看到這個

聖誕禮物，喬志簡直樂翻天了，他終於有一個爸爸媽媽允許他留下來的聖誕禮物了，更棒的是，它是一隻活蹦亂跳的小豬，完完全全屬於喬志的。

然而，粉紅色的小豬並非從此過著幸福快樂的日子——小豬仔會慢慢長大，越長越大，就像吹氣球一樣，到最後變成巨無霸，大到再也沒辦法擠在一個普通大小的後院。喬志家是一般常見的那種有後院的獨棟房子，自家的後院與隔壁鄰居的後院只有籬笆隔著，兩道籬笆中間是一小塊窄窄的土地，上面長著營養不良的蔬菜。喬志的老爸老媽都是心腸很軟的老好人，他們讓肥弟——喬志幫小豬取的名字，住在後院的豬窩裡，一直到牠變成一隻巨無霸為止，這時候，肥弟已經比較像一隻象寶寶，而不是一隻豬了。儘管如此，喬志一點都不在乎肥弟走樣的身材。喬志

跟肥弟親得不得了，大多數的時間，喬志都泡在後院裡跟肥弟聊天，或者是躲在肥弟的「象蔭」底下，看著關於宇宙奧祕的書。

然而，喬志老爸，特倫斯先生從來沒有打從心底喜歡過肥弟。肥弟太胖、太會吃、膚色太白，看起來不夠健康。除了外型，肥弟的行為也不討喜。白目的肥弟會在特倫斯先生細心照料的菜圃上忘情地跳舞，把波菜和花椰菜踩得慘不忍睹，卡吱卡吱地嚼著紅蘿蔔頭，完全沒有考慮到嚴重的後果。去年夏天，在雙胞胎妹妹出生前，喬志一家出門旅行。特倫斯先生很倉促地在附近的寵物農場幫肥弟找到一個暫時可以收留牠的地方。喬志老爸答應喬志，一旦他們三個人旅行回來，立刻來接肥弟回去。

只可惜，計畫老是趕不上變化，到最後並沒有接肥弟回家。喬志以及他老爸老媽各自從他們的冒險旅行回來了，而隔壁的鄰居，那個科學家艾瑞克、他的妻子蘇珊以及他們的女兒安妮，也從美國搬回英國來了。緊接著，喬志的雙胞胎妹妹珠諾和希拉也來報到了。兩個小嬰兒整天不是哭就是笑——不管是微微輕笑或是發出咯咯的大笑聲，下一秒，他們又嚎啕大哭起來。當其中一個才剛剛停止哭泣，不再大吵大鬧，還不得片刻安寧，另一個馬上開始哇哇大哭，一直哭到喬志覺得腦袋被轟得快爆炸為止。喬志老爸老媽的情況也好不到哪去，他們看起來總是滿臉倦容，壓力很大的樣子。看到老爸老媽這個樣子，喬志也不好意思跟老爸老媽說些什麼。因此，當安妮從美國搬回來後，喬志越來越常從後院圍牆的破洞偷溜出去，跟安妮混在一起。到後來，喬志幾乎跟他的鄰居——安妮瘋狂的家人以及世界上最偉大的超級電

腦——住在一起了。

雖然喬志以及老爸老媽的情況都不是太好，可是，情況最慘的應該是肥弟，肥弟從來沒有感受到身為家中一份子的歸屬感。

一旦雙胞胎妹妹出生後，喬志老爸說他們已經忙得焦頭爛額了，再也受不了一隻大豬公占據後院大部分的空間。「無論如何，」無視喬志的抗議，喬志老爸毫不通融地下達最後通牒：「肥弟是地球上的生物。牠不屬於你的——牠是屬於大自然的。」

問題是，肥弟也不能繼續待在那個規模雖然小，可是氣氛還算友善的寵物農場了。暑假一開始，農場也即將結束營業。到時候，肥弟和住在那裡的其他動物會被搬到另一個比較大的新家，新家除了有很多品種稀奇的農場動物，也會有許許多多的遊客，特別是暑假這個旺季。看到肥弟要搬家，喬志不由得想起自己的經驗，很像他和安妮從小學升到中學一樣，被迫去到一個比較大的環境。這種感覺其實還挺叫人害怕的。

「哼！屬於大自然的。」想起老爸說的那番話，喬志忍不住嗤之以鼻。這時，卡斯摩還是仔仔細細地處理著安妮丟出來那個高難度的問題——全宇宙有哪個地方可以收容一隻無家可歸的豬？「我才不覺得肥弟會知道牠是地球的一份子——肥弟的腦袋只會想到要跟我們住在一起。」喬志嘀咕。

「肥弟看起來很難過呢！我跟你賭牠一定在哭。」安妮說。

今天早上，安妮提議去農場看看肥弟。安妮纏著她媽咪，要蘇珊開車送他們去農場，下午的時候再把他們接回來。在寵物農場看到肥弟的時候，肥弟的目光呆滯，雙頰消瘦，肚皮癱在豬圈

的地上，四隻腳有氣無力地趴著，來來去去的遊客在豬圈兩邊一字排開。相較之下，其他的豬隻在一旁開心地玩耍著，一副健康又有活力的樣子。豬圈其實相當寬敞，通風也不錯，農場更是打理得乾乾淨淨，而且，工作人員非常親切。即便這樣，肥弟仍然滿臉憂愁，好像被打到豬的十八層地獄似的。看到肥弟這副無精打采的模樣，喬志心裡升起了深深的愧疚感。暑假一溜煙地過去了，幫肥弟找新家卻一點進展也沒有。

　　喬志和安妮向工作人員問起了肥弟的狀況，工作人員也覺得情況不妙。獸醫說肥弟沒有生病，牠只是不開心，所以顯得沒什麼精神。或許，新環境對肥弟而言是個不小的震撼吧！畢竟，肥弟從小是在安安靜靜的後院長大的。相反地，新環境是個小農

場，不時會有一些小朋友來逗牠玩。在新環境裡，肥弟每天被噪音、不熟悉的動物、眾多遊客包圍。問題是，肥弟從小就不曾跟牠的同類相處過，牠也不習慣周遭有其他的動物——事實上，肥弟覺得自己是人，不是豬。牠心理一定覺得很納悶，為什麼那些遊客要靠在籬笆上，盯著牠瞧。

「我們難道不能帶牠回家嗎？」喬志問道。

這個問題讓農場的工作人員不知該怎麼回答。農場的確有很多搬運動物的規定，不過問題的癥結在於肥弟的體積實在是太龐大了，沒辦法被塞進任何一個都市住宅的後院。「不久之後牠就會比較好了！」工作人員再三跟喬志保證。「再觀察一陣吧！下次你再來看牠的時候，情況一定會跟現在完全不一樣。」

「可是，牠已經在這裡好幾個星期了。」喬志抗議。

工作人員不是真的沒聽到，就是假裝沒聽到。

然而，安妮倒是想出其他的辦法。當他們一回到家，安妮馬上展開作戰計畫。「要把肥弟弄回你家？想都別想。」安妮一邊分析，一邊打開卡斯摩。「如果你老爸看到肥弟，他一定會馬上把牠送回去。至於住在我家嘛，不，這條路也行不通。」

喬志也很清楚事實擺在眼前。環顧艾瑞克的書房，喬志首先看到卡斯摩被高高放在書桌上，顯得岌岌可危——電腦擺在一疊疊科學研究報告的上方，四周被一堆搖搖欲墜的書籍包圍，桌面放著喝到一半的紅茶以及散落四處的計算紙，計算紙上面潦草地寫著重要的問題。安妮的爹地用超級電腦研究宇宙起源的理論，然而，用卡斯摩幫一隻豬找一個棲身之處？唉～這個任務看起來

並不會比瞭解宇宙的起源簡單多少。

當安妮和她家人搬進這個房子時，肥弟就來個戲劇化的迎賓儀式，牠衝進艾瑞克的書房，颳起一陣足以把書本吹上天的小旋風，把書房弄得一團亂。出乎意料之外，艾瑞克不但沒有生氣，反而相當高興，因為肥弟捅的婁子剛好幫艾瑞克找到一本他找了很久的書。只是，在目前這個節骨眼，喬志和安妮再清楚也不過了，艾瑞克並不會歡迎一隻多出來的豬。他手邊要忙的事太多了，再也沒有多餘的力氣去照顧一隻豬。

「我們需要幫肥弟找一個舒舒服服的地方住。」安妮帶著堅定的口吻表示。

嗶！卡斯摩的螢幕開始動了起來，閃爍著各種顏色的光芒——這表示這台了不起的電腦對自己的表現感到相當驕傲。「我已經準備好一份摘要，針對這個區域的宇宙，挑選了幾個地點，評估適合豕龤類動物居住的可行選項。」卡斯摩接著說：「請點選每個方格，讀取肥弟在這個太陽系裡每個行星存活的分析報告。對了——」卡斯摩竊笑：「我擅自提供了每個行星的插圖，並且附上我個人的見解。」

「哇塞！卡斯摩，你真是**了不起**。」安妮說。

這時，卡斯摩的螢幕出現了八個小方格，每一個方格都標示著這些行星在太陽系的名稱。安妮點選了那個標示著「水星」的小方格……

水星
烤豬

木星
下沉豬

金星
臭臭豬

土星
軌道豬

地球
快樂豬

天王星
翻轉豬

火星
彈力豬

海王星
風吹豬

我們的太陽系

圍繞著恆星——太陽運行的行星家族，我們取名為太陽系。

我們的太陽系是如何產生的

我們的太陽系大約形成於46億年前

第一步：
一團氣體和塵埃雲開始塌縮——可能是鄰近超新星傳來的震波所引起的。

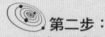

第二步：
形成一個塵雲球，它吸引更多的塵雲，同時旋轉形成扁平的圓盤，越來越大而且越轉越快。

第三步：
這團塌縮雲的中心越來越熱，直到它開始燃燒，轉變成一顆恆星。

第四步：
當恆星開始燃燒，圓盤中的塵埃慢慢聚集變成岩石，最後形成以太陽為中心而運轉的行星。這些行星可以分成兩組：一組是靠近炙熱太陽的岩石行星，一組則是比火星更外側的氣體行星，由一層厚厚的大氣圍繞著內部的液體所組成，其核心很可能是固體。

形成質量與我們的太陽相當的恆星所需的時間大約是一千萬年

第五步：
運行軌道沿路上所碰到的碎屑，都會被行星清乾淨。

木星是最大的行星，所以它可能清掉了大部分的物質

第六步：
幾億年後，行星的軌道穩定下來，這些軌道和我們今天看到的一樣。殘餘的少數物質不是留在火星和木星間的小行星帶，就是留在比冥王星更遠的古柏帶（Kuiper belt）。

有沒有和我們的太陽系類似的星系？

幾百年來，天文學家一直猜測宇宙中還有其他的恆星也擁有行星。但是一直到1992年才發現第一顆系外行星，這顆行星圍繞著一個巨大恆星的殘骸運轉。而在1995年，發現了第一顆繞著真正在發亮的恆星運轉的行星。到目前為止，我們已經找出了四百顆以上的系外行星，有些繞著和我們的太陽非常類似的恆星運轉。

系外行星是指那些繞著太陽以外的恆星運轉的行星

這只是一小部分，即使我們的銀河系中只有10%的恆星擁有行星，單單銀河系就有兩千億個行星系。

這裡頭可能會有些類似於我們太陽系的行星系。有些看起來非常不同。舉例來說,一個雙星系統中的行星,可能會在天空中看到兩個太陽的日出日落。瞭解行星與恆星之間的距離,以及恆星的大小和年齡,可以幫我們計算出在這些行星上發現生命的機率高低。

大多數已知的系外行星都非常地巨大,體積和木星相當甚至更大,主要是因為它們比小型的行星更容易被偵測到。但是天文學家已經發現了一些較小且沿著適當距離繞行恆星的岩石行星,這些行星可能會更像我們的地球。

西元二〇一一年年初,美國國家航空暨太空總署證實了克卜勒任務這台太空望遠鏡觀測到一個像地球的行星,離我們約有五百光年的距離!克卜勒10-b這個新行星的直徑只有地球的一點四倍,可能是人類目前為止找到最近似地球的行星了。

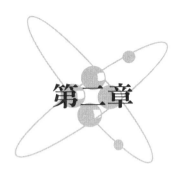

第二章

　　「可是，我不認為肥弟可以住在名單上的任何一顆行星。」看完了卡斯摩的分析報告後，喬志抗議：「肥弟在水星會被燙死、在海王星會被吹得不見蹤影、在土星會陷進一層層的有毒氣體。到最後，搞不好肥弟還甘願回到寵物農場呢！」

　　「只有地球……」安妮喃喃自語：「是我們的太陽系裡唯一一個適合生物居住的行星了。」安妮的鼻子皺成一團，表示她很認真地在想方法解決。「就像人類一樣，」冷不防，安妮冒出一句話：「你知道我爹地曾經想要幫人類找個新家，防止地球再也不能住人這件事嗎？」

　　「你的意思是說，如果地球被大彗星撞毀或者是地球暖化造成全球性災難？」喬志回應。「一旦火山爆炸了，或者是地球變成一片大沙漠，我們就再也不能住在這個行星上了。」喬志的父母是非常活躍的環保人士，在他們耳濡目染下，喬志明瞭如果人類不開始好好對待地球，許多恐怖的災難都會降臨。

　　「完全正確！我爹地說人類需要找一個新家，」安妮繼續說：「就像肥弟一樣。豬所需要的環境和人需要的環境是一模一樣的。換句話說，如果我們可以在宇宙找到一個適合人類居住的新

我們的行星所面臨的問題

小行星撞擊！

 小行星是太陽系在46億年前形成的過程中所遺留下來的岩石碎片。科學家估計我們的太陽系中存在著幾百萬顆小行星。

一般小行星的寬度介於幾公尺和幾百公里之間

 一旦小行星偏離了原本的軌道，例如像是受到附近行星重力的影響，就可能撞上地球。

 平均起來，每年大約會有一顆房車大小的石塊撞上地球的大氣層，但是它在抵達地表之前就會被燒得乾乾淨淨。

每幾千年會有一顆大小和足球場一樣的岩石碎片撞擊地球，而每隔幾百萬年，地球就會遇到一次大小足以威脅文明的外太空物體（彗星或小行星）的撞擊。

如果小行星或彗星（被太陽彈射出來，由岩石和冰所組成的球）撞上地球的話，它可能會把地表打穿，造成大量的火山噴發，到時將沒有任何生物能夠生存。

流星體（meteoroid）是指太空中橫越太陽系的岩石碎片；只有掉落在地表上的石頭才叫隕石（meteorite）。

在6500萬年前有一顆小行星撞上地球，恐龍可能就是因此而滅絕。小行星撞擊時所揚起的塵埃，遮蔽了陽光，造成恐龍和許多其他物種滅絕。

伽瑪射線爆發（Gamma Ray Burst）……遊戲結束

太空中還有種很特殊的威脅可能會造成我們的滅絕，那就是伽瑪射線。

當某些非常巨大的恆星死亡時，不只會向宇宙拋出膨脹的炙熱塵埃和氣體雲，還會像燈塔的光束般，射出兩道致命的伽瑪射線。如果地球就位於這些射線通過的路徑上，而伽瑪射線爆發又正好離我們夠近，那麼這些射線將會撕裂地球的大氣層，讓天空中充滿褐色的二氧化氮。

這類爆發很少見。它要在距離我們幾千光年之內發生才會造成實質的傷害，而且這些射線還必須準確地擊中我們，因此深入研究過這個課題的天文學家並不會太過擔心。

自我毀滅！

☆ 其實用不著小行星或伽瑪射線，
我們就已經對我們的行星造成了
許多的傷害。

地球是超過
70億人類的家。

☆ 地球正深受人口爆炸之苦。

☆ 增加的人口意味著我們必須生產更多的糧食，更用力
地榨取地球的自然資源，以及排放更多的氣體到大氣
中。氣候變遷的議題已經引發許多爭論，但科學家很
清楚我們的行星正越來越溫暖，而人類的活動就是造
成這項變化的原因。他們預期暖化還會持續下去，那
表示世界將會越來越熱，有些地區會出現強烈的降
雨，有些地區則乾旱連年。海平面將會上升，對沿岸
居民的生計帶來困難。

☆ 地球上的人類越來越多，但其他物種卻越來越少。動
物滅絕是個日趨嚴重的問題，我們看到好多物種全體
從地表上消失。當我們一面學習這
個美麗而獨特的星球是如何運作
時，卻又不斷地破壞它，這實
在是件令人遺憾的事。

目前全球有將近四
分之一的哺乳類動
物和三分之一的兩
棲類動物正遭受
滅種的威脅。

環境，肥弟在那裡一定也不會有問題的。」

「所以，卡斯摩必須幫全人類找到一個新家，而我們要做的就是幫肥弟找個可以收容牠的地方？」

「完全正確！」安妮開心地說：「然後，我們可以三不五時地去太空看看肥弟，這麼一來，肥弟就不會覺得孤單寂寞了。」頓時，他們兩個都陷入沉默。他們心裡都明白，他們的計畫有太多破綻了。

「幫肥弟在太空找到新家需要多久的時間？」喬志忍不住問道：「妳爹地一直在為人類尋找一個新的居住地，打算在那裡建造一個殖民地，可是，到目前為止，他還不確定自己是不是已經找到那個地方了。」

「嗯，你說的沒錯。」安妮遲疑了一會兒，老實承認。「我們或許——我是說**或許**，可以先針對現在的狀況，幫肥弟找一個離家比較近的地方。」

「地球上某個角落的確是比較合適。」喬志同意：「問題是，不管是在太空還是在地球，我們要怎麼把肥弟弄到牠的新家呢？要怎麼把一隻大豬公搬來搬去呢？」

「這就是這個計畫高深莫測的地方！」安妮提高音量，顯得信心滿滿的樣子。「我們將派出卡斯摩！卡斯摩都可以把我們送到外太空，來一趟偉大的旅行了，讓一隻豬來個短程的地球旅行又有什麼難的？卡斯摩，我說的對不對？」安妮問道。

「安妮，妳說的一點也沒錯。」卡斯摩證實道：「我乃是全宇宙最聰明、最有智慧的電腦，妳剛才說的那些事情，沒有一樣是

我辦不到的。」

「可是，卡斯摩**可以這麼做**嗎？」喬志問道：「我的意思是說，如果妳爹地發現我們用他的超級電腦去運送一隻豬，他難道不會發飆嗎？」

「除非你命令我去告密。」卡斯摩狡猾地回答。「我可是沒有任何理由去通知艾瑞克，向他稟告我們一起進行了一場冒險，聯手把一隻豬送走了。」

「你看吧！」安妮說：「如果我們要求卡斯摩把肥弟送去一個安全的地方，卡斯摩鐵定會幫忙幫到底。」

「嗯，」喬志回答，他的聲音仍然充滿疑惑。當卡斯摩還有權限選擇旅行目的地時，喬志曾經藉著卡斯摩到太空旅行。可是，喬志不確定超級電腦是否每一次都能挑對目的地。卡斯摩創造出來的宇宙之門可以任意進出太空，喬志可不想把肥弟塞進宇宙之門，之後卻發現牠被送進香腸工廠、帝國大廈的頂端、或者是遠方某個熱帶小島，那裡天氣太熱了，不適合肥弟居住，更不用說一隻豬孤零零的。

「卡斯摩，」喬志禮貌地詢問：

「在把肥弟送出門之前，可以請你讓我們先看看那些地方嗎？對了，我忘了跟你說，在我們幫肥弟找到永久居住地之前，肥弟暫時的新家最好是我們騎腳踏車就可以到的地方，畢竟，我們不可以繼續使用你。你知道我的意思，我們很有可能被逮個正著。」

「需求處理中。」卡斯摩回覆。當安妮這家人從美國搬回英國後，卡斯摩曾經嚴重故障過。艾瑞克試著要修理它，沒想到，卡斯摩竟然變得比以前更人性化、更友善。此時此刻，卡斯摩的線路發出一些微小的噪音，不久，卡斯摩射出兩束細細的光芒，在書房的正中央顯現一個浮在半空中的影像。

「是個地圖！」喬志說：「看起來像是一個……等等！這是福

克斯鎮！」

「完全正確。」卡斯摩回答。「這是一個 3D 立體影像地圖。Google 可以辦到的，我卡斯摩可以做得更好。」卡斯摩輕蔑地評論：「哼，那個厚臉皮的暴發戶。」

「我的天啊，真的是太漂亮了！」安妮忍不住讚嘆。在福克斯鎮這個鼎鼎有名的古城，每一個有特色的建築景點，個個都鉅細靡遺地畫在卡斯摩的地圖上。每一個塔城、堡壘、尖塔以及四周繞著建築物的四方院，個個都以完美的模型比例呈現。

一個紅色的光點卻不斷地在庭園的一角閃爍著。

「那個是我爹地的學校！」安妮訝異地說。「那個一直閃的紅點在哪裡？卡斯摩，你為什麼要讓我們看我爹地的學校？」

「根據搜尋的資料顯示，豬隻需要安靜、陰暗、通風良好並且有些許陽光的環境。」卡斯摩回答：「紅點閃爍的地方是一個廢棄不用的酒窖，位於某個老舊尖塔的底部。這裡有通風系統，所以空氣的品質有保證。除此之外，也有一些自然光。這個地窖已經有好多年沒有人使用了，所以，肥弟在這裡待上幾天應該是不會有問題的。這裡既安全又舒服，我是說，如果你能從農場帶些稻草過來。」

「你確定嗎？」喬志狐疑地問：「肥弟在那邊不會覺得太擠嗎？」

「短期間內，你的豬寶貝可以好好享受一個人的平靜安穩，完全不會受到任何打擾。」卡斯摩回答。「在你為牠找到一個永久的居住地以前，這段過渡時間將是個迷你的假期。」

「我們得把肥弟弄出農場！」安妮興奮地大叫。「快，要越快越好！肥弟在那邊實在是太慘了，我們一定，一定，一**定**要把牠救出來！」

「我們可以看看那個地窖嗎？」喬志問道。

「那有什麼問題。」卡斯摩說：「讓我開啟一個到達那個地窖的小視窗，好讓你們確認我的資料。」

地圖在空中消失了，取而代之的是一道圍成長方形的光束——那道用來開啟宇宙之門的光束——藉著宇宙之門，安妮和喬志已經進出太空許多次。在這些太空冒險裡，卡斯摩會創造出一道門，好讓他們通行；然而，如果只是要呈現資料，卡斯摩則會畫出一個小視窗，好讓他們看個明白。

「真是太刺激了！」等待卡斯摩開啟視窗的時候，安妮發出這樣的讚嘆。「我們之前為什麼從來沒有想過要用卡斯摩在地球上旅行呢？」

視窗呈現一片漆黑。喬志和安妮的身體不由得往前傾，好看個清楚

「卡斯摩，我們什麼都看不到！」喬志說：「你不是說那裡有自然光嗎？怎麼會黑漆漆一片呢？我們可不希望肥弟以為自己被關進監牢呢！」

「我查過座標了，位置正確無誤啊！或許是因為窗戶被遮住了。」卡斯摩帶著困惑的語氣回答。

「哎呀喂！我的媽呀！」安妮小小聲地說：「那個黑色的影子，它在動了！」從視窗看過去，黑影似乎正在左右晃動。

「你聽！」安妮噓聲說：「我聽到有人在說話。」

「不可能的事。」卡斯摩否認。「根據我的資料顯示，這個地窖已經沒有人用了。」

「那麼，那些人在那邊做什麼？」安妮帶著空洞的聲音問道。「你們看！」

從視窗看過去，喬志知道安妮說的一點也沒錯。眼前並不是一個密不透光的空間，而是一群黑衣人，密密麻麻地擠在一起。

隱隱約約，喬志只能辨識出他們的肩膀和背影──這群人看來似乎是背對著喬志和安妮。

「他們會看到我們嗎？」安妮壓低音量問。

「只要他們一轉身，就會立刻看到我們正在使用的視窗。」卡斯摩回答，並且快速地掃過整個房間。「雖然有違邏輯、機率以及常理，可是地窖看起來有不少人。」

「是活人嗎？」安妮害怕地問：「還是死人？」

「有血氣而且功能正常的人。」卡斯摩回答。

「他們在那兒幹嘛？」

「他們——」

「他們轉過身來了，」喬志連忙打斷卡斯摩的話，聲音聽起來很害怕。「卡斯摩，趕快把視窗關掉！」

還好卡斯摩以迅雷不及掩耳的速度把視窗關掉，所以地窖裡沒有任何一個人注意到任何異樣。就算真的有人注意到那個小小的閃光，他們也萬萬料想不到他們的祕密集會已經曝光了，居然有兩個搞不清楚狀況的小鬼和一台慷慨激昂的超級電腦，儘管他們遠在福克斯鎮邊緣的郊區，卻目睹了這一切。

這時，安妮和喬志早已嚇壞了，動都不敢動一下。不料，一個聲音竟然從地窖飄進艾瑞克的書房。「讓我們全體人員為『假真空』喝采！」不知名的聲音說：「生命、能量和光源的提供者，萬歲！」在還沒人起疑之前，卡斯摩匆匆忙忙關掉視窗。影像監控裝置雖然被關掉了，可是收音器卻沒有同時被關掉，地窖裡的一舉一動依然可以聽得一清二楚。

這時，一片死寂降臨。安妮和喬志好像在聽一個讓人毛骨悚

24

然到極點的廣播節目，連大氣都不敢喘一下。接著，神祕的聲音繼續說。

「我們處在一個相當危險的年代！」廣播發出嘶嘶聲。「世界末日的那一天，宇宙將會被消滅得粉碎。那些正在進行大型強子對撞機（Large Hadron Collider）實驗的科學家們，這群意圖不軌的人即將展開他們全新的高能實驗。上一次，我們無法順利阻止他們使用對撞機。如今，情況已經變得更棘手了。只要這群瘋子一啟動他們的設備，宇宙災難立刻爆發，進而終結整個宇宙！這些人打算更進一步發展大型強子對撞機，屆時，我們將全數滅亡，變得一無所有。」

從安妮和喬志的耳朵聽來，這些為數眾多的人群針對上面的言論紛紛發出不滿的噓聲。

「請各位稍安勿躁！」神祕的聲音說：「現在，我們請到一位知名的科學專家向大家解釋這一切。」

另一個的聲音說話了。這個聲音聽起來比較蒼老、語氣較為溫和。「這群危險的瘋子聽命於一位福克斯鎮的科學家，他的名字叫艾瑞克・貝禮司。」

安妮忍不住尖叫，連忙用手搗住嘴巴。他們說的艾瑞克・貝禮司正是安妮的爸爸！

「貝禮司在幕後主導在大型強子對撞機裡使用超導環場探測器（ATLAS，A Toroidal LHC ApparatuS）進行高能碰撞實驗，目前即將進入最危險的階段。如果貝禮司能成功地達到預期的碰撞能量，那麼，我預估宇宙有極高的可能性會因為一片『真真

空』的產生而自發衰變。」

「如果最小的『真真空』泡泡是在大型強子對撞機裡的粒子撞擊產生，泡泡會以光速膨脹，取代『假真空』，以及摧毀所有的物質！地球上所有的原子將在二十分之一秒之內分解。八小時之內，整個太陽系會消失地無影無蹤。當然，事情不只是這樣而已……」

儘管卡斯摩盡全力想要保持連線，地窖傳來的聲音還是越來越小聲。

「泡泡將繼續永無止盡地延伸，」聲音的主人帶著威脅的口氣低聲地說：「屆時，貝禮司將會成功地造成難以置信的宇宙大毀滅！」最後一個字迴盪在空中，現場再度鴉雀無聲。

喬志、卡斯摩和安妮全都愣住了，一句話也說不出來。卡斯摩首先打破沉默。

「**豬隻新家環境危險！**」這幾個斗大的紅字在卡斯摩的螢幕上來回閃爍好幾次。

「我們絕對不會把肥弟送到那裡去！」一臉錯愕的安妮說：「我們絕對不會讓我們的肥弟跟那群壞人在一起！特別是這些人想要對我爹地不利！哼！門都沒有！」

喬志嚇得倒抽了一口氣。那群黑衣人到底在說什麼？喬志焦急地問：「卡斯摩、安妮，他們**是誰**？」

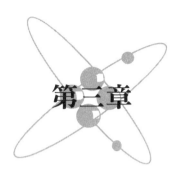

「你們在說誰是誰？」艾瑞克推開門進入書房時隨口問道，手裡拿著還在冒煙的茶，粗花呢外套下的胳肢窩同時夾著一疊科學研究報告。「哈囉，安妮和喬志！假期最後一天了，你們兩個玩得還開心嗎？」

安妮和喬志兩人目光空洞地看著艾瑞克。

「喔喔，親愛的，我想你們的意

思是『不開心』，是不是呢？」艾瑞克接話：「發生了什麼事嗎？」艾瑞克笑瞇瞇地問道。艾瑞克這幾天都樂得合不攏嘴。如果必須用一個形容詞描述艾瑞克現在的狀況，「不可思議地開心」或者是「不可思議地忙碌」，是個再貼切也不過的形容詞了。事實上，艾瑞克越忙，他看起來就越開心。艾瑞克之前在美國進行太空任務，企圖在火星上找到生命的跡象。自從艾瑞克從美國搬回英國後，艾瑞克總是看起來一副很匆忙的樣子，同時，他也老是一副樂在其中的樣子。艾瑞克很喜歡在福克斯大學擔任數學系教授這份新工作，他很高興能待在福克斯，跟家人相處在一起。然而，最讓艾瑞克感到興奮的莫過於目前正在瑞士進行的大型強子對撞機實驗。

　　位於大型強子對撞機實驗園區的計畫是延續好幾百年前的科學家的研究工作。這研究致力於發現世界的組成元素，以及一個個小小的基本元素又是如何組合在一起，形成宇宙的內容。為了找出答案，艾瑞克和其他的科學家努力找出一套理論，幫助科學家們瞭解一切有關宇宙的事物。這套目標非常崇高的科學理論被艾瑞克他們簡稱為「萬有理論」。如果艾瑞克他們可以找出這套理論，科學家們不但有辦法瞭解宇宙的開始，也有可能知道宇宙是如何形成的，甚至是為什麼形成的。

　　由於大型強子對撞機實驗帶來新的研究結果，令人驚喜的成果指日可待，艾瑞克的好心情想當然是意料中的事。這樣的好心情讓艾瑞克網開一面──孩子們明明不應該使用卡斯摩，可是卻沒看到艾瑞克表示反對。

回顧歷史，人們總是不斷環顧四周，試著瞭解身邊那些令人驚異的事物，並提出疑問：這些東西是什麼？為什麼它們會這樣移動及改變？它們永遠都在那邊嗎？它們能不能告訴我們為何我們在這兒？但是一直到最近幾個世紀，我們才開始找到科學上的答案。

古典理論

1687年，牛頓發表了描述作用力是如何改變物體運動方式的運動定律，以及宇宙中任兩個物體都會以重力（gravity）互相吸引的萬有引力定律。重力是我們為何會停留在地表上以及地球繞著太陽運行的原因，它也說明了行星與恆星是如何誕生的。在行星、恆星和星系的尺度上，重力就是控制了宇宙大架構的工程師。牛頓的定律便足夠讓我們把衛星放到軌道上或是把太空船送到其他的行星。但是當物體的速度非常快或是質量非常巨大時，我們就需要更新的古典理論，也就是愛因斯坦的相對論。

萬有理論

牛頓定律

運動定律

1. 當質點不受外力作用時,原先靜止者保持靜止,運動者則沿著直線等速運動。

2. 質點的動量變化率和外力的大小相等,且與外力的方向一致。

3. 當一質點施力於另一質點時,它也會承受另一質點大小相等、方向相反的反作用力。

萬有引力定律

☀ 宇宙中的每個質點都會與其他的質點互相吸引,引力的方向沿兩質點間的連線,其大小與質量的乘積成正比,距離的平方成反比。

量子理論

古典理論適合用在巨觀物體，例如星系、汽車甚至是細菌。但是它無法解釋原子是如何運作的，事實上它認為原子不可能存在。二十世紀初期時，科學家瞭解到他們需要發展一套全新的理論來解釋那些微小事物的物理，例如原子或電子的性質，也就是量子理論。「標準模型」總結了我們目前對基本粒子與作用力的知識。它包含了夸克與輕子（組成了物質），傳遞作用力的粒子（膠子、光子、W玻色子與Z玻色子）以及希格斯玻色子（Higgs，我們需要它來解釋部分其他粒子的質量，但是到目前為止實驗尚未觀測到）。許多科學家認為這套模型過於複雜，希望能發展出一套較簡單的模型。再者，天文學家觀測到的暗物質該怎麼解釋？我們又該如何處理重力？用來描述重力的粒子叫重力子，但是要把它整合到標準模型中非常困難，因為重力很特別，它會改變時空的形狀。

挑戰──萬有理論……

一個能夠解釋所有作用力和粒子的理論──也就是一個萬有理論──可能會和我們之前所知的任何理論都非常不同，因為它必須能夠解釋時空及重力。如果這樣的理論存在，它將能夠解釋整個宇宙，包含黑洞的核心、大霹靂以及宇宙的未來。

發現這個理論會是一項空前絕後的成就。

「我看到你們在用我的電腦！」艾瑞克挑起眉毛，不過他看起來並沒有在生氣：「希望你沒有又把草莓果醬抹在鍵盤上。」艾瑞克溫和地說，身體往前傾，朝卡斯摩的螢幕瞧一瞧。

「全宇宙最讚的豬窩在哪？」艾瑞克唸著螢幕上這幾個字，臉上露出恍然大悟的表情：「啊！我現在終於明白了。」他撥撥安妮的頭髮說：「妳媽咪說你們兩個都很擔心肥弟。」

「我們要幫他找個新家。」安妮說。

「有找到什麼嗎？」艾瑞克一邊問，一邊脫下粗花呢外套，停住一張搖搖晃晃的旋轉椅，一屁股坐在喬志和安妮中間。這時喬志還沒回神，仍然瞠目結舌地瞪著卡斯摩的螢幕。

「呃……，嗯，卡斯摩查過整個太陽系了，可是我們什麼都沒找到。」喬志說。

「我打賭你一定找不到。」艾瑞克喃喃自語地說：「我根本無法想像肥弟在冥王星會是什麼模樣。」

「所以，我們想帶牠去一個適合人類居住的行星，可是，我們連一個都找不到。」喬志繼續解釋。

「於是，我們只好打福克斯鎮的主意，一個離家不遠的地方，可以暫時把肥弟寄養在那裡。」安妮脫口而出：「可是，我們發現有一群很恐怖的人，他們在地下室，說你那個大型強子對撞機的實驗會毀滅整個宇宙！」

頓時，艾瑞克氣得火冒三丈。「卡斯摩！」艾瑞克咆哮：「你做了什麼好事？」

「我只是想盡一臂之力。」卡斯摩怯生生地回應。

「你還繼續在裝瘋賣傻！」現在，艾瑞克看起來真的很不高興了。「你的腦袋到底都裝了什麼？你怎麼會讓孩子們去偷聽那些笨蛋說的話呢？」

「他們說你要毀掉『假真空』……」喬志小心翼翼地問：「這麼做會讓整個宇宙毀滅。這是真的嗎？」

「不！當然不是！這是他們瘋狂的理論。」艾瑞克氣沖沖地回答。「你們不要相信他們說的話！他們不喜歡我們目前正在瑞士進行的大實驗，所以盡散播些謠言嚇唬人。」

「可是，他們就在福克斯大學裡面！」安妮提高音量說。

「大學裡的笨蛋。」艾瑞克不屑一顧地說：「這些人到處都有，大學並不能掛什麼保證。」

「所以，你**的確**知道他們是誰囉？」

「也不盡然，」艾瑞克承認。「因為這是一個祕密組織，所以他們把自己的身分隱藏起來了。我只知道他們自稱為『反萬有引力增加理論學派』。」

「反萬有引力增加理論學派……」安妮拗口地重複一遍。「什麼反對萬有引力增加，我反而覺得這些笨蛋其實是反對智力增加，倒不如叫他們『垃圾派』！」

艾瑞克忍不住噗哧一聲，笑了出來。「用『垃圾派』來形容

33

他們還蠻貼切的，再適合也不過了！他們不折不扣是一堆沒有貢獻的垃圾，從現在開始，我將開始簡稱他們為『垃圾派』了。」

「他們要幹什麼？」

「去年的時候，」艾瑞克回答：「『垃圾派』要我們放棄對撞機的實驗。他們認為，如果我們開始那個實驗，我們將會在宇宙製造出一個黑洞。唉呀，對於他們的要求，我們並不怎麼理會，繼續進行我們的實驗。既然我們到現在還安然無恙，你們就可以知道，整個世界不會被一個黑洞吞下去。總之，在這之後，我們以為他們已經打退堂鼓。萬萬沒想到，他們現在又緊抓著『真空』、『假真空』什麼空的無稽之談打轉，企圖阻止我們進行下一個實驗，因為新的實驗將會比之前那個實驗運用到更高的能量。」

「我搞不懂，他們為什麼要這麼做？」喬志說：「他們幹嘛要不斷地想著這些瘋狂的理論呢？」

「因為他們不想看到我們成功。」艾瑞克解釋：「我們的目標是要深入瞭解宇宙。我們不僅僅需要知道整個宇宙是如何運轉，我們更要知道**為什麼**。為什麼宇宙裡存在著某些物質，而不是空無一物呢？為什麼人類會存在？為什麼會有某些定律存在，而某些規則就是行不通？這些都是攸關生命、宇宙以及萬物最終的問題。只是，有些人就是不想讓我們找到答案。」

「這些『毀滅泡泡』之類的東西，這些真的**是胡說八道**嗎？」喬志再次確認，純粹只是想要一個確定的答案。

「完完全全是沒有什麼價值的東西！」艾瑞克大聲抗議。「但

是——」艾瑞克的眉毛皺了一下,「儘管如此,越來越多人似乎相信『垃圾派』的說法了。因此,我們改變了新實驗的計畫,防止『垃圾派』用卑鄙的伎倆做出讓我們出奇不意的事。」

「新實驗哪時候開始呢?」喬志問。

「我們已經著手進行了!」艾瑞克說。「加速器已經在運轉了,偵測器也已經上線了。幾個星期前,我們甚至已經達到了我們原先設計的輸出能量了。」艾瑞克難過地搖著頭。「我們盡可能保密,不讓『垃圾派』從中干涉。唉,那群成事不足,敗事有餘的人……好了,我就別說了,我們現在回到正題。卡斯摩,我們要把肥弟放在哪裡?」

　　彷彿為了彌補剛才犯下的錯誤，卡斯摩二話不說，立刻在螢幕開啟一個新的影像。那裡風景優美，看起來很寧靜的樣子。太陽低低地垂掛在樹木茂盛的山谷，山谷上野花遍布，樹枝輕輕搖曳著，點綴著色彩繽紛的蝴蝶，翩然飛過灌木樹籬。

　　「這是個適合肥弟的好地方。」卡斯摩用著顫抖的聲音說。

　　「孩子們，你們覺得呢？」艾瑞克帶著輕快的語氣問著喬志和安妮。「看起來還好嗎？如果肥弟住在這兒，你們會覺得很高興嗎？」

　　「看起來實在是太好了 ——」喬志還想繼續問：「這是哪

裡？」但顯然艾瑞克實在是太忙了，不等喬志說完，他已經展開行動了。

「太好了！」艾瑞克說，飛快地在電腦鍵盤敲下幾個鍵。「好了，孩子們，雖然情況有點複雜，我想，我還是可以弄出兩個宇宙之門。」

在喬志和安妮還沒來得及反應之前，卡斯摩已經開啟一個通往寵物農場的宇宙之門了，艾瑞克連忙跟著跳進豬圈。看到憑空出現的艾瑞克讓肥弟嚇了一大跳，腦子一片空白的肥弟壓根兒沒有想到要反抗，只是乖乖就範，任憑艾瑞克把牠輕輕地推進另一個宇宙之門。螢幕上，肥弟開開心心地在樹木茂盛的山谷裡跑來跑去。

喬志和安妮超級興奮地看著肥弟從寵物農場消失，在山谷裡重新出現，在綠草如茵的山谷蹦蹦跳跳的，鼻子用力地吸著新鮮的空氣，眼睛再次閃爍著精神抖擻的光芒。

艾瑞克從其中一個宇宙之門回來，俐落地把門關上，說：「很快地，我們會再回來確認肥弟的狀況。」喬志注意到艾瑞克的燈芯絨長褲沾了一小撮稻草。「我想我最好也去處理一下寵物農場的事，免得寵物農場嚇壞了，誤以為肥弟投奔自由，現在正在街上橫行。」

「你打算要怎麼跟他們說？」安妮問。

「我還沒想到！」艾瑞克老實招認：「不過，既然我已經試著解釋過宇宙如何從無到有的形成過程，所以，我預期自己可以向他們解釋一隻豬怎麼消失不見的。」

「位移肥弟，任務成功。入住新居，安全快樂。食住供應，安全無虞。」卡斯摩的螢幕不斷閃爍著這幾個字。

「好了，現在，」當艾瑞克話一出口，孩子們心裡就有個底了，艾瑞克的語氣意味著肥弟的事情已經告一個段落了。「我該回去工作，準備學校的演講了。至於你們兩個，也該為明天開學的事準備一下了囉。」

喬志和安妮兩個垂頭喪氣，百般不情願地走出艾瑞克的書房。艾瑞克的命令宣告著暑假真真實實地結束了。安妮只剩下今天晚上可以趕工整個暑假的作業，而喬志也知道自己該回家了，希望老天保佑，新學校開學的前一天，雙胞胎妹妹不要哭鬧一整晚。

「喬志，再見。」安妮嘆了一口氣。

「安妮，再見。」喬志難過地說。隔天早上，兩人將各自去各自的新學校了，安妮要上一所私立學校，而喬志則到當地的一所專科學校。

「我們為什麼要上中學？」兩人在後門徘徊，不願離開時，安妮脫口說：「為什麼我們不能去太空探險的學校上課？在那裡我們一定是第一名！沒有人像我們一樣，曾經那麼近地看過土星環，也沒有人像我們一樣，幾乎掉到泰坦的沼氣湖。」

「或者是看到有兩個太陽升起的日出。」喬志接話，想起他們曾陰錯陽差地造訪過一個雙星系統裡某個炎熱的行星。

「真是不公平！」安妮繼續抱怨：「我們又不是普普通通的小孩，幹嘛還要我們表現出平凡無奇的樣子。」

　　「安妮！」書房傳來艾瑞克的聲音。「我聽到了喔！沒有乖乖寫功課的小孩是不可以到太空旅行的！妳是知道這個規定的。」

　　安妮扮了個鬼臉，小聲地對喬志說：「願原力與你同在。」

　　「妳也是。」說完，喬志轉身，往回家的路走去。

第四章

　　喬志在兵荒馬亂中度過新學校的開學日，到處都是印象模糊的長廊，還有讓人眼花撩亂的課表。一而再、再而三，喬志發現自己一直走錯教室，跑進根本沒選修的課堂，或是發現四周的同學和他不同年級。

　　偌大的校園充滿噪音和混亂，讓喬志有點害怕。喬志不禁納悶，當肥弟從家裡那個寧靜、安全的後院，搬到那個狹小、熙來攘往的寵物農場，接著再換到一大片寬闊到令人心慌的新農地，也許，肥弟的感受就像喬志現在這樣，難怪肥弟之前很不開心。就算是那些在原來的學校裡看起來自信滿滿的學生，當他們上中學的第一天，在宛如迷宮的建築物裡打轉，試著要找到正確的教室時，他們看起來也是很失落、一副憂心忡忡的樣子。就算之前在小學時彼此不認識也不打緊，現在只要看到小學時的熟悉面孔，而不是那些人高馬大的中學生，都會讓人有如釋重負的感覺，所以以前在小學裡曾經是死對頭的人，頓時之間全站在同一個陣線了。

　　一直到放學回家的時刻，喬志才搞清楚該去那裡上課。下課鈴聲一響起，喬志立刻往校門口走去。很久很久之前，當他還在

唸小學的時候，喬志每個下午都會躲在寄物間裡，一直到所有的學生都回家了，確定自己在回家的路上不會被找碴，才敢從寄物間溜出來。

不過，那些都是他學會如何在宇宙旅行，解開宇宙奧祕之前的事了。自從喬志和安妮成為好朋友，開始學習周遭星球的奧祕後，喬志再也不是之前的那個膽小鬼了。畢竟，他曾經在某個遙遠的太陽系，跟一位喪心病狂的科學家對峙，從此之後，再也沒有什麼事可以讓喬志感到害怕了。

改變喬志的不僅僅是太空旅行，從太空旅行得到的知識也讓喬志變得智勇雙全。他憑著腦袋瓜裡的聰明智慧，解決高難度的挑戰，因此，喬志知道他現在有足夠的能力可以處理任何事情。

回家的路上，喬志想起艾瑞克，以及那天傍晚把肥弟送走的事。喬志心想，或許他可以到艾瑞克家轉轉，問問艾瑞克他們是不是可以知道肥弟最新的狀況。那天竟然沒有問肥弟究竟被送到哪去了，喬志想到這個心裡便覺得很懊惱。毫無疑問地，那個山谷看起來很舒適，可是，喬志卻不知道肥弟是不是仍然還在地球上。天才卡斯摩會不會把肥弟送到某個遙遠的地方，而在這個地方生物是可以存活的，只是人類尚未發現這樣的地方呢？喬志百分之百確定艾瑞克知道肥弟在哪裡，如果喬志自己也知道的話，喬志會覺得比較安心。

一回到家，把書包扔在走廊後，除了停下來跟老媽和雙胞胎妹妹打個簡短的招呼，舀了一湯匙的豆子以及一口高麗菜口味的杯子蛋糕（喬志老媽煮的蔬菜一律來自家裡的後院，她偶爾會想

些稀奇古怪的食譜消耗家裡生產的農產品。）塞進嘴巴後，喬志全速穿越屋子，直接跑出後門，來到肥弟曾經住過的後院。喬志跳過籬笆上的破洞，往安妮家後門的小徑跑去。叩叩叩，沒有回應。喬志大力地再敲一次門。

門縫開了幾公分，是安妮，已經回到家的她還穿著綠色的新制服。

「喔，喬志！」安妮看起來並不是非常樂意看到喬志。

「哈囉，安妮。」喬志興高采烈地說：「妳今天在新學校一切都還好嗎？我的學校很怪，可是我想應該不會有問題的。」

「嗯，馬馬虎虎啦。」安妮回答，顯得相當低調安靜。「你……呃……要幹嘛？」

聽到這句話，喬志嚇了一大跳。他到安妮家就像進出自己家裡的廚房一樣頻繁，安妮從來不曾問過他為什麼要到她家。

「呃……對了！」喬志帶著有點受驚嚇的語氣說：「我只是想問妳爹地，他知不知道肥弟去哪裡了？我想去看肥弟。」

「我爹地現在不在家。」安妮抱歉地說。「我會跟他說你來找過他，要問他肥弟的事。我猜，他應該會寄一封電子郵件跟你說。」

接著，安妮竟然當著喬志的面，打算把門關上。喬志簡直不敢相信自己的眼睛。到底發生了什麼事？原來——

「是誰啊？」安妮身後傳來一個男生的聲音。

「嗯……是隔壁的。」安妮卡在門縫，一下子往門外看看，一下子又往屋裡瞧瞧，好像卡在兩個人中間。「他要找我爹地。」

安妮把門再打開一點點。現在，喬志可以把這個人看個清楚

44

了。他比喬志和安妮都還要高，一頭黑色的短髮梳得像小刺蝟似的，皮膚是焦糖的顏色。他跟安妮一樣，也是穿著綠色的制服。

「嗨！」這個人站在安妮的身後，向喬志點點頭。「很抱歉，艾瑞克不在家。你最好先離開。我們會跟他說你來過。」

喬志的下巴幾乎要掉下來了。

「對了，順道一提，我叫文森。」那個男孩若無其事地說。

「文森也是今天才進這間學校。」安妮解釋著，不太敢正眼看喬志。

「真的嗎？」喬志訝異地問：「你唸國一？」

「不是！」文森看起來好像被羞辱了一樣。「我上高一了。我跟安妮不是同學，我們是在學校外面認識的。」

「是唷？」喬志說。

「文森的爹地是電影導演。」安妮靦腆地介紹著，可是喬志知道安妮的語氣透露出她非常仰慕文森。「他爹地認識我爹地，他爹地製作過我爹地新的電視影集。」

「電影導演，」喬志重複了一遍，感覺自己被打敗了。「非常好。我老爸是個有機園丁。」喬志帶著挑戰的口吻對文森說。

「來吧，安妮！」文森說：「我們應該出發了。」

「媽咪要帶我們去公園溜滑板。」安妮跟喬志說：「文森是個滑板高手，他可是得過冠軍呢！」

「你會玩滑板，」喬志說，盡力讓自己的聲音聽起來很正常。「那麼，你們就去玩吧。」說完，喬志轉身，沿著後院的小徑來到籬笆上方的那個破洞。安妮和文森仍然站在門口看著他。

喬志試著讓自己跟平常一樣，輕而易舉地跳過籬笆上的破

洞，可是，他竟然沒有成功！他撞倒厚木板，整個人狠狠地跌在地上。喬志忍不住左右張望，沒想到安妮和文森竟然還沒離開，害喬志覺得超丟臉的。剛才在門口的時候，他們不開門。現在這個節骨眼，他們偏偏在場。今天真是倒楣透頂了。

帶著僅存的一絲尊嚴，喬志站了起來，心平氣和地越過籬笆，裝得好像什麼事都不曾發生過。可是，喬志的心裡頭很受傷，有種被撇下的感覺。新學期才開始第一天，安妮已經有新朋友可以一起做些很炫的事了。

可憐的喬志要怎麼辦？

同時少了肥弟和安妮，喬志一下子變得好空虛、好寂寞。他拖著沉重的步伐回到家，整個人垂頭喪氣，看起來很沒精神。

當天下午，喬志把該做的雜事完成，也寫完功課，他決定再去隔壁碰碰運氣，搞不好在安妮和那個滑板冠軍文森回去之前，艾瑞克已經先回到家了。

隔壁的後門沒關，喬志推開門，從門縫溜了進去。黑漆漆的房子裡面非常安靜，而且還不尋常地冷，這樣的落差很像屋外還是初秋，屋子裡已是冬天似的。一切都空蕩蕩地，好像沒有人在家。然而，後門如果沒有鎖起來，照理說一**定**有人在家。喬志豎起耳朵仔細聽，看看房子裡有沒有其他的動靜，然而還是不見人影。

帶著沮喪的心情，喬志突然發現有一道蒼白的藍光從艾瑞克書房的門縫透了出來。喬志在門口輕輕地敲了兩、三下。

「艾瑞克！」喬志叫喚了幾聲。「艾瑞克！你在家嗎？」喬

志把耳朵貼在門上。裡面除了偶爾傳來機器發出的嗶嗶聲，什麼聲音也沒有。從這個聲音就可以推論出卡斯摩正在書房裡工作。

　　喬志遲疑了一下。該不該把門打開呢？如果艾瑞克現在正在進行重要的理論研究呢？喬志可不想在這個時候打擾他。可是，這是喬志唯一可以找到艾瑞克的機會了。小心翼翼地，喬志用指尖推開書房的門。

　　除非把卡斯摩這個超級電腦算成一個人，否則艾瑞克的書房裡連個人影都沒有。卡斯摩放在書桌上的老位置，好像聖誕樹一樣，一閃一閃地發出亮眼的光芒。

　　卡斯摩的螢幕射出兩道光芒，那兩道光芒畫出了一道宇宙之

門──那道曾經多次帶著喬志和安妮到外太空旅行的任意門。前往太空的通道由兩道懸空的光芒組成，門扉被艾瑞克的仿麂皮帆船鞋撐開，大喇喇地晾在書房正中央。

　　從門縫看過去，黑漆漆的天空下，一片荒涼，地表上滿是坑洞。喬志的身體往前傾一些，並且把門往前再推開一點，好讓自己看得更清楚。不料，刺眼的太陽光把他的眼睛弄得都睜不開了，喬志只好連忙用手臂遮住雙眼。

　　喬志往後退了幾步，打量了書房一番。不經意地，喬志看到他之前穿的太空衣，皺巴巴地扔在書房角落的椅子上。喬志迅速地把太空衣套上，檢查氧氣瓶的存量，像艾瑞克之前教過他的那樣扣上腰帶，一切準備就緒之後便往太空的入口邁進。

　　喬志用安全包覆在太空手套裡的雙手推開宇宙之門，近距離地觀看月球表面，欣賞這個離地球最近的天體。灰茫茫的地面一望無際，這片遼闊的區域正籠罩在炙熱的陽光下，在月球表面的裂縫形成明顯的陰影。

　　在太空入口以及遠方的山脈之間，喬志看到一個小小的人影，瘋狂地往遠方的一個隕石坑跳去。雖然是穿著一體成形的白色太空衣，戴著大小剛好的太空頭盔，喬志仍然可以從那個跳來跳去的身影、他所散發的氛圍，不費吹灰之力地認出身手不夠矯健，卻是滿心歡喜的艾瑞克。在地球上的艾瑞克給人一種印象：常常帶著蹣跚的步伐，一副有好多事要傷神的樣子；在太空的艾瑞克可就截然不同了，他看起來好像拋開了地球上一切的憂慮，盡情地享受在宇宙奧妙裡的狂喜。

　　踏出堅定的步伐，喬志越過宇宙之門的門檻，一隻腳先落在月球表面，另一隻腳隨後也踏上月球。把地球拋在腦後，喬志整個人都浮在半空中。當他再度著地時，他已經踩在月球表面上。月球的低重力讓喬志可以輕輕鬆鬆往上一蹬，就跳到好幾十公分的高度。

　　「**哈囉，地球人，大家好！**」喬志放開嗓子大叫，往前再跳了幾步。明明知道地球上沒有一個人會聽到他說的話，喬志還是

Q: 我們的月球是何時形成的？
A: 據估計，月球形成迄今已經超過四十億年。

Q: 它是如何形成的？
A: 科學家認為一顆行星大小的天體與地球碰撞，由爆裂岩石碎片組成的熱塵埃雲進入地球的軌道，當這團雲冷卻後，其成分聚集在一起，最後形成了月球。

Q: 它有多大？
A: 月球遠比地球來得小，你可以在地球裡放入大約49個月球。它的重力也較小，如果你在地球上體重為45公斤，那麼你在月球上將會少於8公斤。

Q: 月球有大氣嗎？
A: 沒有。這就是為何月球上的天空永遠是黑的。如果你待在陰影裡，無論何時你都看得到星星。

Q: 在科學家發現月球是如何形成之前，人們認為月球是什麼？
A: 很久以前，地球上的人們相信月球是一面鏡子，或是星空中的一盆火。幾個世紀來，人類都認為月球擁有神祕的力量可以影響地球上的生物。就某方面來說，他們是對的，月球的確會影響地球，但不是透過魔力，月球的重力會牽動海洋而造成潮汐。

月球

Q: 生命能夠存在於月球上嗎？

A: 生命無法在月球上生存，除非穿上太空衣。但是讓人安慰的是，有越來越多的證據顯示，月球上的水遠比科學家在幾年前以為的多。我們都知道水是組成生命的主要成分。但這些水是以冰的狀態存在，未來的地球移民必須要花費一番功夫把它們轉換成便於生物利用的液態。

Q: 有其他文明造訪過我們的月亮嗎？

A: 來自地球的太空人已經造訪這顆離我們最近的天體十二次。在1969年到1972年之間，有十二位美國航太總署的太空人在月球上漫步過。有沒有可能在人類於地球上展開文明以前，就有外星人拜訪過月亮，並留下一些東西？外星人會不會已經來到我們的「隔壁」？機率很小很小。但是有些科學家已經開始重新檢查月球的岩石，看看裡頭會不會透露一些線索。

忍不住在踏上月球第一步時，發表聲明。

在夜空的反襯下，家鄉的行星看起來像是鑲著白色雲朵的藍綠色珠寶。儘管安妮和喬志都有過非常刺激的太空旅行，但這可是喬志第一次得以這麼近距離地觀看地球。

火星上看到的地球只是一個天空上的小亮點。

至於在泰坦，那個土星最大的衛星，在這麼一個冰凍的世界，喬志和安妮完全沒有辦法透過泰坦上面厚重的雲層看到地球。

而當喬志和安妮來到巨蟹座 55 的行星系統，肉眼已經完全看不見地球。就算是使用望遠鏡，他們也只能從來自太陽光的顏色裡面很微小的位移變化，在遠方隱隱約約辨識出地球的位置。在月球上，一切可就迥然不同了。在這裡，喬志近到可以看到地球的細節，遠到可以讚嘆整個地球的鬼斧神工。

欣賞完眼前的景色，喬志迅速地往艾瑞克的方向跳去。當喬志抵達艾瑞克剛才站的地方時，艾瑞克卻不見人影，他已經進到淺淺的隕石坑裡，正看著一部沾滿灰塵、卡在坑底的機器。

「艾瑞克！」喬志對著聲音傳輸器大叫。「艾瑞克！是我，我是喬志！」

「好個重力波！」艾瑞克從故障的月球車抬起頭往上看，嚇

得驚叫：「你把我嚇了一大跳！我沒想到會在這裡遇到熟人。」或許是因為傳輸距離過遠的關係，看來，艾瑞克剛才一定沒從聲音傳輸器裡聽到喬志踏上月球表面那剎間的興奮叫聲，所以現在才會被嚇到。

「我去書房找你，書房的門沒關。」喬志解釋著。「你在這裡做什麼？」

「我只是想要開溜到月球上一會兒。」艾瑞克帶著內疚的語氣解釋。「我打算拿一點月球上的石頭回去研究。你知道嗎？我總算找到我有興趣的研究主題了。我打算研究外星人文明這個理論。你想想看，如果外星人曾經在過去某個時間點拜訪過我們，比如說，好幾億年前，我推論他們應該會留下些蛛絲馬跡。我不認為有人研究過月球上的石頭，看看這些石頭是否存留下外星人曾經造訪過的痕跡。所以，我要再一次用我的雙眼親自看看這些月球上的石頭，看看他們是否有生命的特徵。之前，從來不曾有人這樣檢驗過月球上的石頭，所以，我想自己親自到這裡取樣。你猜，當我在蒐集樣本的時候，我遇到什麼了？是月球車！」

「可是，它還能動嗎？」喬志問，飛快地爬到艾瑞克現在站的位置。眼前的月球車看起來好像是一台被撞壞的沙灘車，被丟棄在月球上。當喬志正仔細地研究月球車時，艾瑞克爬進駕駛座。

「你能發動它嗎？」

「如果可以的話，電瓶裡的電應該也很少了。」艾瑞克說，用太空衣袖迅速地擦掉月球車上的塵土。

「它沒有方向盤。」喬志注意到了。「我們要怎麼開這台車？」

「你問倒我了！」艾瑞克把袖子的塵土抹在大腿上，導致月球的塵土在白色的太空衣留下一條長長的痕跡。「哪裡一定有可以

啟動的……。」艾瑞克搖一搖前座的 T 型搖桿，可是月球車仍然毫無動靜。搖桿看起來似乎是操控台的一部分，於是，艾瑞克用包著太空手套的拇指擦去搖桿附近的塵土，赫然發現一組開關，上面標示著「電源」、「駕駛電源」和「啟動駕駛」。「啊哈！」艾瑞克興高采烈地歡呼。「呼叫休斯頓，我們找到答案了！」

喬志也跟著艾瑞克，坐進月球車裡頭。「如果你啟動了這些開關，會怎麼樣嗎？」喬志興沖沖地問：「我們可以試試看嗎？」喬志心裡真心希望艾瑞克別像其他大人一樣，出口告誡他不可以亂動別人的月球車。很幸運地，艾瑞克沒有讓喬志失望。

「當然沒問題。讓我們一起來試試看！」艾瑞克回答。艾瑞克輕輕扳開開關，一次扳開一個，然後把搖桿往前一推，出乎意料之外，月球車猛烈地往前衝了出去，把兩人彈到半空中，扔出月球車。

「可以動了！」艾瑞克興奮地大叫，再度爬回車內。「喬志，當我把車子開出隕石坑的時候，你可以在後面推一把嗎？月球上沒有什麼重力，應該不是一件多難的事。」

「為什麼**我**就得推車？」心理不平衡的喬志嘀咕著。「為什麼我就不能去開車？」抱怨歸抱怨，喬志還是照著艾瑞克的指示，乖乖在月球車後面擺起推車的姿勢，等著艾瑞克發號施令。當艾瑞克再一次把搖桿往前一推，月球車的輪子在地面上開始動了起來，揚起陣陣塵土，把喬志整個人弄得灰頭土臉。

「再推用力一點！」艾瑞克大吼。這時，喬志使出吃奶的力氣，把月球車往上抬了一下，月球車使勁地爬出裂縫，費盡千辛

萬苦終於爬上了平坦的地表。

　　「終於大功告成了！」艾瑞克滿意地說，戴著太空手套的雙手互相來回擦拭著，把手上的灰塵抖下，並且跳出駕駛座。「這下子好多了！」艾瑞克帶著崇拜的表情，拍拍月球車，說道：「好一台機械車啊！這東西已經四十年沒用了，現在竟然還可以發動！嘖，也只有這樣的品質才可以被稱為是一部好車。」

　　「這是誰的車？」整個人百分之九十九都被月球的塵土和石頭覆蓋住的喬志問。

　　「我認為，這是阿波羅計畫登陸月球時所遺留下來的。」艾瑞克回答。「你看那邊！那一定是屬於登月小艇的一部分。」艾瑞克指著一個盤據在遠方，有著四隻腳的物件。「這就是太空歷史的一個片段。」

　　短暫的沉默凝結在空中。艾瑞克和喬志不約而同停下來，驚

嘆他們剛剛的發現。就在那一刻，艾瑞克突然意識到，此刻在月球上，站在他旁邊的竟然是隔壁鄰居家的那個叫做喬志的小男孩。

「喬志！！！你跟著我到月球**做什麼**？」艾瑞克氣急敗壞地大叫。

「我來問你肥弟的事。」喬志解釋。「你還沒有告訴我牠現在住在哪裡，我甚至連牠現在是在那個行星都不知道！」

「我的天啊，這真是個晴天霹靂的消息！」艾瑞克忍不住驚叫，用自己的太空手套狠狠地捶了太空頭盔一下。「我也不知道

啊！我們要問卡斯摩才會知道。不過，你別擔心，肥弟現在安然無恙，我們唯一要做的就是找出肥弟在**哪裡**。一切都不會有事的。

除了這個以外，我還有忘記什麼東西嗎？」

艾瑞克是出了名地健忘，他個人對此也毫不避諱地承認。艾瑞克從來不會忘記大事，例如：有關於宇宙的理論，可是，對於日常生活的小事，像是穿襪子或是吃午餐等等，他常常會忘東忘西的。

「其實，也不是你忘記了，」喬志解釋：「主要是我自己忘了去問你。」

我們美麗的地球以及月亮。

太空梭已準備好發射，正好有一顆流星劃過天際，提醒我們致力探索的宇宙是何等的浩瀚。

上圖
遠方西沉的新月以及地球大氣層薄薄的線
條,這張照片是從國際太空站所拍攝的。

下圖
在月球車上探索月球表面

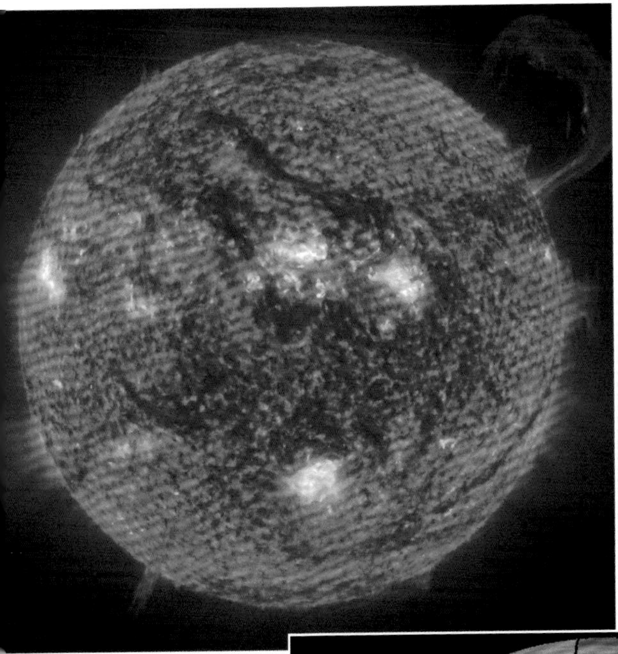

我們的太陽

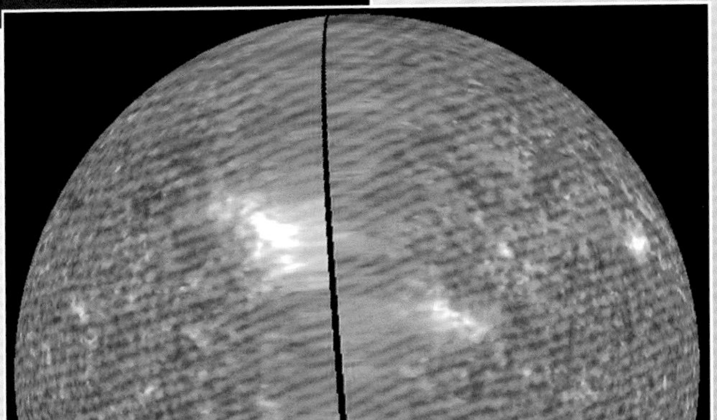

兩艘太空船同時傳回
來前後兩面的太陽影
像，2011年二月合成
這張奇特的照片。

從太空中看我們的地球

衣索比亞的塞米恩山脈景色

南美洲尼加拉瓜的
科希奎納火山

2010年八月，丹妮爾颱風。

美國科羅拉多大沙丘國家公園

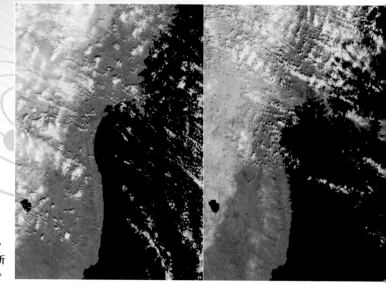

2011年三月，
日本地震與海嘯所
帶來的可怕後果。

「問我什麼？」

「你的研究……尋找宇宙的起源，這件事真的很危險嗎？」

「不，」艾瑞克用堅定的語氣對喬志解釋。「並**不會**危險。事實上，依我之見，如果我們不去思考宇宙起源這件事，這才危險。如果我們只是停留在推測的階段，而不面對事實，找出我們從哪裡來，我們在這裡做什麼。逃避事實才是真正的危險。」

「我們試圖要去瞭解這個宏偉的宇宙，知道宇宙如何進展到目前的狀態。」艾瑞克一邊說，一邊揮著手臂，指著崎嶇的山脈、浩瀚的天空。這時，在夜空下遙遠的那一方，地球像個漂亮的小東西，低低地掛在月球景色的邊際。「我們不但要知道億萬顆星星，無窮無盡的美麗銀河、行星、黑洞，以及地球上種種多樣性的生物從何而來，還要知道為什麼。我們企圖要回到大霹

靂，找出這些問題的答案。這正是宇宙論，目的在於研究宇宙的起源。大型強子對撞機會讓我們重新創造出時間最起初的狀態，

好讓我們可以對宇宙的形成有更多瞭解。」

「我們正在進行的計畫並不危險，同樣的，大型強子對撞機也不會有什麼危險。唯一的危險來自於那些企圖阻止我們的人。你想想，他們為什麼不想讓早期宇宙的祕密公諸於世呢？他們為什麼希望大家都活在恐懼中，擔心科學會危害人類呢？這些問題——唉，對我而言也是一個謎。」艾瑞克的語氣顯得有點挫敗。

「可是，你覺得那些人會傷害你以及其他科學家嗎？」

「不，我並不這麼認為。」艾瑞克說：「他們只會躲在暗處放箭，連浮上檯面的勇氣都沒有，所以，我不認為我們有什麼好怕的。喬志，你不要理這些人。他們只是一群烏合之眾，成不了什麼大氣候。」

現在，不管是肥弟還是宇宙起源的事，喬志心裡的石頭總算放下了。頓時，好像再也沒有非常糟糕的事情了。於是，喬志和艾瑞克轉身，打算前往仍在遠處閃閃發光的宇宙之門。在正常的狀況下，一旦進行太空旅行，宇宙之門就會被關起來。不過，因為艾瑞克原本只打算到月球幾分鐘而已，就沒有把宇宙之門關起來。

到達宇宙之門之前，艾瑞克從口袋裡拿出太空照相機。「我們應該拍個照！來，笑一個！」艾瑞克伸長了手，拿著相機，對著兩個人按下快門。這時，喬志也豎起了兩隻大拇指對鏡頭比個「讚」的手勢。

「會有人注意到我們移動了月球車嗎？」當艾瑞克把相機收起來的時候，喬志問道。

「除非他們看得很仔細。」艾瑞克說。「月球上的這個區域並沒有持續被監視著。這也是為什麼我選擇這個地方的原因，因為它是一個安全的登陸點。」

「不管怎麼樣，他們應該會覺得很高興吧！我們幫他們把月球車拖出地面上的大洞，讓它可以再度正常運轉。」喬志指出。

「等一下，」艾瑞克抬頭仰望天空，說：「你看，在那邊的那道光——**那個**並不是一顆彗星。」天空有一道像針孔一樣細的光束，正從漆黑的天空往他們這個方向移動。

「那是什麼？」

　　「我也不知道……不管是什麼，那一定是人造的。情況不妙，我們得快點離開了！既然我已經拿到我需要的石頭了，走，咱們走吧！」

　　艾瑞克和喬志一起穿過太空之門，回到他們所有太空旅行開始的地方。

宇宙的誕生

　　世界上有好多不同的故事述說宇宙的誕生，例如中非的波夏果族（Boshongo）傳說，認為最初世界上只有黑暗、水和偉大的上帝布巴（Bum-ba）。有一天，布巴因為肚子痛於是就把太陽吐了出來，太陽烤乾了一些水，露出了陸地。吐出太陽後，布巴的肚子還是痛，於是又把月亮、星星和一些動物，像是豹、鱷魚和烏龜給吐了出來，最後吐出了人類。

　　不同的民族有不同的故事。這些古老的故事都是為了回答這兩個大哉問：

- 我們為何在這裡？
- 我們從何而來？

第一個能夠回答這些問題的科學證據出現在80年前。當時科學家發現其他的星系正離我們遠去，也就是宇宙正在膨脹，星系間的距離越來越遠。這表示在過去，星系間的距離比現在更近，而且宇宙在大約140億年前處於一個非常熱且緻密的狀態下，我們把它稱為大霹靂。

　　宇宙在大霹靂之後誕生，膨脹得越來越快。這段期間被稱為暴脹期（inflation），因為它和通貨膨脹時商品的價格三級跳的情形類似。宇宙初期暴脹的速度遠快於物價膨脹的速度，如果物價每年成長一倍，我們就已經覺得相當驚人了，但在暴脹期，宇宙的大小在遠小於一秒的時間內就倍增了非常多次。

　　暴脹讓宇宙變得非常地巨大，而且均勻平坦。但它並不是完全地均勻，宇宙中到處都有微小的起伏。這些不均勻讓早期宇宙的溫度產生小小的差異，可以從今天的宇宙微波背景輻射中看出來。這些不均勻意味著宇宙中有某些區域會膨脹地稍微慢一些。這些區域最後會停止膨脹並且塌縮形成星系和恆星。我們之所以存在都是源自於這些不均勻。如果早期宇宙完美無瑕般的均勻，就不會有星系或星球，當然更不會演化出生命。

　　史蒂芬·霍金

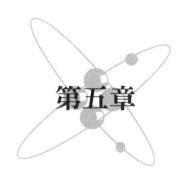

第五章

　　匆匆忙忙中，艾瑞克和喬志兩人成功地避開神祕的人造衛星，沒被發現。他們穿著不再嶄新潔白的白色太空衣，跌跌撞撞地回到艾瑞克那個亂七八糟的書房。

　　「宇宙之門已經關閉。」卡斯摩通知艾瑞克和喬志。「你們已經回到從太陽算起來的第三顆石頭上。」

　　「卡斯摩，你的智商怎麼這麼高，高到無限，甚至超越無限了。」喬志連忙拍馬屁。他知道超級電腦非常沉浸在恭維的世界。

　　「就技術層面而言，那是不可能的，」卡斯摩滿臉通紅地回答。每當卡斯摩臉紅的時候，螢幕便不由自主地變成像玫瑰一樣的粉紅色。「雖然如此，我還是完全同意你的說法。」

　　一落地，喬志立刻開始扭動身體，把自己從密不通風的太空衣裡解放出來。散落一地的太空衣好像破繭而出的蝴蝶飛走後留下來的繭。仍然穿著太空衣的艾瑞克則小心翼翼地把從月球帶回來的石頭包了起來。這時，門外傳來腳步聲。

　　「快！」艾瑞克壓低聲音說：「趕快把你的太空衣藏起來。」

　　喬志連忙把太空衣塞進書房角落的一個大櫥櫃。這時，空氣中仍然瀰漫著從月球帶回來的灰塵味。

　　「哈囉！」艾瑞克帶著刻意提高的語調問：「蘇珊，是妳嗎？」自從上次的太空探險，喬志、安妮和艾瑞克差一點沒辦法從四十一光年外的遙遠太陽系安全回到地球，蘇珊，也就是安妮

的媽咪，從此之後禁止孩子們跟著艾瑞克到太空去。

「是啊，我們回來了。」蘇珊說，她並沒有進入書房，反倒是路過逕自走進廚房了。這時傳來「蹦－蹦－蹦」的腳步聲，聽這聲音就知道安妮也回來了。

「實在是太炫了！」安妮興高采烈地大叫，猛然推開書房的門。「爹地，我可以要一個滑板當我的生日──？」安妮戛然而止，一臉不可置信的樣子。「你為什麼穿著太空衣？」安妮咄咄逼人地問：「喬志為什麼在這裡？」

「噓！」安妮的爹地連忙暗示。

「你們**沒有去**……不！你們**去了**！你們到太空卻沒有找我？」安妮睜大眼睛瞪著喬志。

「妳不是去溜滑板了嗎？」喬志故意用甜蜜的語調諷刺安妮。「很好玩……很炫，不是嗎？我想，應該比**月球**還炫。」

安妮看起來快要氣炸了。在一旁的艾瑞克則一臉茫然，好像孩子們說的是星際爭霸戰裡瓦肯人說的話，而艾瑞克自己卻忘了插上翻譯機。

「我該走了，」喬志說：「晚餐時間到了！拜，安妮。拜，艾瑞克。拜，蘇珊！」

當喬志衝出後門，蘇珊在背後提醒他：「喬志，別忘了！明天晚上要過來和我們一起去聽演講喔！你的票在我們這邊……」

隔天，如同之前所約定的，喬志提早來到安妮家，準備跟大家一起到大學裡聽艾瑞克的演講。當安妮看到喬志的時候，她還是板著一張臉，沒有任何歡迎的樣子。

「月球上怎麼樣呀？」當他們扣好腳踏車的安全帽時，安妮氣呼呼地問道。「算了！我看你還是不要跟我說，我跟你賭一百萬，一定是爛到爆。」

「拜託，是妳自己先跑去公園溜滑板耶！」喬志抗議：「妳就這樣和文森走了，甚至連問都沒問**我**一聲！」

「哼，你又沒有說！」安妮不甘示弱地嘀咕，跳上腳踏車。「你從來沒有說過你喜歡玩滑板！可是，你心裡**知道**，我一直很想要去月球。那是我最最最想要做的事！月球是整個宇宙我最想要去的地方。可是，你竟然沒有找我，一個人就偷偷溜去了。你真的很不夠意思，一點朋友道義都沒有。」

　　雖然喬志知道安妮是無理取鬧，可是，他並沒有立刻反駁，
質問安妮為什麼喬志跟艾瑞克在一起她就發飆，而安妮自己卻可
以跟那個導演之子文森玩得樂不思蜀？安妮憑什麼生喬志的氣？
賭氣的喬志悶不吭聲，自個兒騎著腳踏車，在房子前一直繞圈
圈，直到蘇珊出現為止。蘇珊手裡拿個一個大紙箱，重心不穩地
抓著手把。

　　「你們這兩個小鬼，我們走吧。」蘇珊心情很好地說，決定
不要理會安妮和喬志兩人的爭執。

　　　三人浩浩蕩蕩地騎著腳踏車往市區前去。好幾個世紀以來，

數學系座落於舊福克斯鎮中心位置一條小巷的某棟大樓裡。當他
們離開腳踏車道來到巷子時，巷子竟然被擠得水洩不通，迫使他

們必須下來牽車。

「這些人是幹什麼的？」當他們好不容
易從擁擠的人群裡殺出一條路時，安妮忍
不住問道。

「咱們先把腳踏車放在這裡吧。」蘇珊指
著一旁的腳踏車架說。「接下來的路沒辦法
讓我們再繼續騎了。」鎖上腳踏車後，他
們側身越過人群，走過一排階梯，往會場
的入口前進。入口的大門由兩扇玻璃門組

成，柱子裝飾於大門兩側。一位大學的工作人員站在門口，他因
為台階底下人滿為患，神色顯得相當緊張。

喬志緊跟著蘇珊，好不容易擠進階梯，趁著空檔，喬志對安

妮說：「這些人都是衝著妳爹地的演講來的！妳看！他們也是要進去大樓裡面！」人潮有如波濤，全往數學系的大樓這個方向湧來。數學系的大樓是一棟老舊的石造建築，門廊上方刻著「勇往直前」這四個大字。

「他們來這裡做什麼？」安妮低聲抱怨，費力地跟上喬志的步伐。「為什麼會有這麼多人會想來聽我爹地的數學演講？」

他們低下頭，一邊穿越人群，一邊往階梯上爬，費盡千辛萬苦，終於來到會場的入口。工作人員伸出手臂，阻擋他們繼續前進。

「敬請止步！」工作人員厲聲喝止。

「不好意思，」蘇珊彬彬有禮地回應：「我是貝禮司教授的太太。這位是他的女兒，安妮，而這位是安妮的朋友，喬志。我們來這裡是為了要幫艾瑞克布置演講的會場。」

「喔，真是抱歉，貝禮司太太。」工作人員帶著歉意說：「我們通常不會在數學系進行安全檢查，您也知道的，數學系不是一個會引起騷動的地方！」工作人員拿出手帕，擦擦額頭上冒出的冷汗。「可是，從今天的狀況看來，您的先生已經變得相當有名氣了。」

當蘇珊和孩子們轉身看看那些等待入場的群眾，人群後頭忽然掀起一陣騷動。

「阻止科學犯罪！」抗議群眾的口號聲傳來。一小群穿著黑色衣服，戴著面具的人揮動著他們的抗議布條。「阻止先進科學摧毀宇宙！」

71

　　看到這樣的場景，工作人員顯得很驚慌，火速地對著對講機說：「數學系──請求支援。」接著，工作人員打開門，引領蘇珊和孩子們進入會場。「請往裡面走，貝禮司太太。」工作人員帶著嚴肅的語氣繼續說：「我們會立刻處理這群人，我們絕不容許福克斯鎮發生這樣的事情，絕對沒有例外。」

第六章

一旦進入數學系大樓，蘇珊迅速地把東張西望的喬志和安妮從門口拉走，穿過入口處大廳，最後三人終於進入到禮堂。「你們不要管外面發生的事，只要在每張座位放上這個就行了。」蘇珊鎮定地告誡孩子們，各自給他們一個小盒子，裡面有好幾打墨鏡。

一切幾乎都準備就緒了，只等著艾瑞克這位新上任的數學系教授上台，在這所歷史悠久、名聞遐邇的福克斯大學，發表第一場公開的演說。

安妮和喬志在一排排座椅之間來回穿梭，小心地把每一副眼鏡放在每一個座椅上。這時的安妮還飽受那群抗議者的驚嚇，身體仍然輕微地發抖著。

「媽咪，發生什麼事了？他們是『垃圾派』那群人嗎？就是那個爹地跟我們說過

的那個組織。」

「我也不是很清楚。」蘇珊輕聲回答:「可是,他們看起來的確非常反對妳爹地正在著手進行的實驗,那個探索宇宙起源的實驗。這些人一味地相信這個實驗太危險了,必須就此打住。」

「他們簡直是瘋了!」喬志忿忿不平地說:「我們都知道艾瑞克的實驗相當安全可靠,而且,他們很有可能讓我們知道宇宙究竟是如何開始的。瞭解整個宇宙就像拼一幅大拼圖,科學家們在它身上已經花了久到不能再久的時間了。艾瑞克的這些實驗就像是最後的那一小片拼圖。在還沒看到整個宇宙樣貌之前,我們絕對不能輕易丟棄最後這片拼圖。」

三人從雙玻璃門的入口進去,經過一排一排的座位,終於從演講廳的後面來到最前面的位置,也就是艾瑞克演講的地方。冷不防地,門被打開,一個高高的男孩子往他們面前走來。他矯健地跳下滑板,落在喬志身旁,順勢接起輪子還在轉動的滑板。

「鏘鏘!」高個兒男孩發出戲劇化的聲音,宣布他的出場。

「文森!」安妮開心地尖叫。「我不知道你也會來。現在,我在這裡至少有一**個**朋友了!」安妮朝著喬志的方向惡狠狠看了他一眼。

「我還以為門已經關起來了。」喬志悶悶不樂地嘀咕,心想,真希望文森不能進來。

「剛剛打開的。而且——」文森指著他的滑板,炫耀地說:「我從後面一路滑到隊伍最前面的位置。」

「那些穿著黑色衣服的人都走了嗎?」安妮問道。這時,艾

瑞克的粉絲魚貫進入演講廳，就座之後，他們看了看放在椅子上的墨鏡，搞不清楚這些墨鏡會在哪個時候派上用場。

「是的，他們已經閃人了。」文森回答。「真是一群怪咖。他們在搞什麼鬼啊？『罪犯科學家』？這什麼跟什麼啊？簡直是一群白癡！」

安妮如癡如醉地對著文森微笑，喬志看了真想狠狠拉扯安妮的馬尾，換掉她現在的表情。

「其中有一個人甚至還想跟我說話。」文森補充，同時用左腳玩弄著滑板，把滑板翻上翻下。

「他說了些什麼？」喬志問。

「我沒有辦法完全聽懂。」文森承認。「他戴著面具,聲音聽起來好像隔著羊毛襪在講話一樣。雖然如此,還是聽得出來他的確說了兩個字。」

「哪兩個字?」喬志好奇地繼續問。

文森謹慎地打量喬志。「老實說,老兄,」文森說:「聽起來他說的就是你的名字,他說的是『喬志』。」

「為什麼這個人會說『喬志』呢?」安妮不解地問。

「有可能他發的音不是『喬志』,」文森非常理性地解釋:「只是聽起來像這個音。也有可能是這兩個字在這群人裡面有特別的含意,只是我並不知道罷了。你知道的,在我爹地的電影首映會,這種狀況老是層出不窮。」文森開始沾沾自喜地吹牛。「在那樣的場合,如果沒有一些瘋狂的粉絲,就表示你不夠紅。唉~這只是人出名以後會碰上的眾多狀況之一而已。」

「噢,是啊,你說的真是太有道理了。」安妮滿臉崇拜地說。「電影首映會。嗯,我想一定像你說的一樣,非常神奇!」

「是唷,真是神奇!」喬志空洞地附和,語氣裡甚至也沒有挖苦的意味。喬志整個注意力都落在這個疑點:抗議群眾裡為何有人提到他的名字?喬志心想,福克斯塔底下那個廢棄的地窖,裡頭那批怪人,以及會場外示威的群眾,這其中一定有什麼關聯。除了地窖裡的那批黑衣人,他們會偏執地相信艾瑞克的研究有足夠的殺傷力,可以瞬間毀滅宇宙,還有誰會控訴艾瑞克,說他是個邪惡的罪犯科學家呢?說不通的是,為什麼這群人裡面會有人認識喬志呢?為什麼?

演講廳的燈光忽明忽暗了好幾回，一個機器的語音提醒著觀眾盡快就座，這個聲音喬志和安妮再熟悉也不過了，聲音的主人正是卡斯摩。

「各位先生、女士、小朋友以及宇宙的旅客們，」卡斯摩停頓了半秒，繼續說：「我們今天將經歷一趟前所未有的旅行。各位先生、女士以及小旅客們，請準備好了！讓我們一起迎接你們的宇宙！」

語畢，會場陷入一片漆黑。

第七章

　　喬志、安妮和文森很快在座位上坐了下來。他們坐在前排最外側的位置,除了喬志身旁還有剩下一個空位,整個演講廳座無虛席。剛開始還會聽到觀眾坐在椅子上動來動去的聲音,不久,全場陷入一片寂靜。

　　「各位宇宙旅客們,」卡斯摩宏亮的聲音在人群爆滿的演講廳迴響。「我們今天的演說將涵蓋上百億年的時間。我相信你們一定迫不及待想要趕快開始,並且準備好回到宇宙起源最初的那一刻,以瞭解宇宙是如何開始的!」

　　「現在,請各位戴上您的墨鏡。」卡斯摩繼續說道:「精彩的畫面以及閃耀的強光將呈現在各位眼前,為了避免對您的眼睛造成傷害,請務必戴上墨鏡。」在觀眾的正上方,一道細如針孔卻極度刺眼的白光出現了,懸在演講廳的半空中。同時,喬志突然注意到身旁的空位不再是空的,有個男人神不知鬼不覺地溜進來並坐了下來。當卡斯摩射出一道巨大的亮光,照亮整個演講廳,喬志趁機回頭看了身邊這個人一眼。光束持續了一陣子,足以讓喬志好好打量身旁的陌生人,並且注意到這個人戴著一副非常奇怪的眼鏡,鏡片不是透明的,也不是黑色的,而是亮黃色。

這麼怪的眼鏡，喬志到目前為止也只看過一次。那一次，當喬志、安妮和卡斯摩把艾瑞克從黑洞裡面救出來的時候，艾瑞克戴的就是一模一樣的黃色眼鏡。艾瑞克戴的那副眼鏡並不是艾瑞克的，而這麼一副奇怪的眼鏡在一個超大的質量黑洞裡有什麼作用，到現在喬志還是百思不得其解。

「請問您這副眼鏡從哪裡買來的？」喬志打破沉默，首先問道，可是這個問題被卡斯摩的聲音蓋過去了。

　　「話說在一百三十七億年前，」當卡斯摩敘述時，在伸手不見五指的演講廳裡，小亮光不停地在聽眾的頭頂上盤旋 。「我們今天在宇宙看到的任何物體——其中也包括那些因為肉眼看不見，所以沒辦法看到的物體，在當時都是從一個比質子還要小很多的微粒開始。」

　　「因為擁有的空間也是非常狹小，所以萬物都被擠在一起了。如果我們追溯到最早的時間點，當時的狀況非常極端，甚至連當今的物理學家都無法正確描述當時發生什麼事。然而，看起來就像我們推論的，一百三十七億年以前，空間的大小從零開始，之後開始擴張。」

　　小亮點好像成了一個被充飽氣的氣球，突然變大。透過小亮點透明的表面，可以看到亮亮的捲曲圖案在表面動來動去。除此之外，小亮點裡面是空的，什麼都沒有。

　　「這團像是熱湯的東西將會成為我們的宇宙。」卡斯摩繼續解釋：「請注意，宇宙只是這個球的表層——這是一個三維空間的二維模型。隨著球逐漸變大，表面也會跟著增加，內容物於是被散布開來。」

　　「時間隨著空間一起誕生。這是傳統對於大霹靂的描繪，在宇宙大霹靂裡所有的東西，其中包括了時間和空間，都是在歷史最剛開始的時候，以非常突然的方式出現的。」

　　這時，聽眾頭頂上方的小亮點，像氣球一樣往外爆開，炙熱、旋轉的球體表面吸引了聽眾的注意力。這些顏色翻滾扭曲，接著變模糊，最後像雲一樣分散開，讓演講廳再度陷入一片漆黑。這時，聽眾的讚嘆聲此起彼落。

　　一會兒後，一片片微弱移動的亮光開始出現在黑漆漆的天花板上，接著，光斑變成星系的形狀，向外散布，彼此遠離，直到他們全部消失，演講廳再度陷入一片漆黑。

　　「宇宙的演化真的就是如此嗎？」卡斯摩對全場聽眾拋出這個問題。「部分的科學家很納悶大霹靂是否真的**是**歷史的起點。我們不確定，不過，我們可以從大霹靂過後的幾分之一秒著手，那時，整個可以被觀察到的宇宙被擠縮在一個極度狹小的空間裡，一個比質子還小的空間。」

　　「想像一下……」另一個聲音接口，聚光燈打在艾瑞克身

上。艾瑞克滿臉笑容地站在講台上，台下的聽眾爆出如雷的掌聲。「此時此刻是非常早期的時間點，而各位正坐在宇宙裡面……」

想像一下你這一刻坐在非常早期的宇宙裡面（顯然你沒辦法坐在宇宙之外）。你必須要非常地強悍，因為這碗大霹靂湯裡的溫度和壓力都無比地高。今天我們所看到的所有物質，在當時都被壓縮在一個比原子還小的區域中。

現在是大霹靂過後的幾分之一秒，但是所有的東西從每個方向看來都沒什麼不同，也沒有什麼向外噴發的大火球，事實上，只有一個滾燙的物質之海，充塞在空間中的每一處。這些物質是什麼？我們還不確定。可能是我們今天看不到的粒子種類；甚至是微小的「弦（string）」圈。不管怎樣，那一定是某些以我們現有最大的粒子加速器都無法觀察到的奇特物質。

這種奇特的物質所形成的微小炙熱的海洋隨著包含它的空間膨脹而擴張。物質從你所在之處往各個方向流出，讓海洋變得不那麼稠密。當這些物質離得越遠，你和它之間的空間就膨脹得越大，物質離開的速度也越快。事實上，海洋中最遙遠的物質遠離你的速度超過了光速。

接著很快地發生了一連串複雜的變化，這些變化都發生在大霹靂之後的一秒內。微小宇宙的膨脹讓這個充滿奇特液體的海洋開始冷卻。這種過程引起了一些急劇的變化，就如同水冷卻會形成冰一樣。

當早期宇宙的尺寸還遠遠小於原子時，液體中的某些變化使膨脹的速度暴增，產生稱為暴脹（inflation）的現象。宇宙的大小加倍，然後再加倍，一直經過大約九十次的加倍成長後，從次原子的大小變成人類的大小。就像是把床單拉平一樣，這個巨大的延展過程抹平了所有大的物質團塊，讓宇宙最後看起來非常地平

坦，幾乎在任何方向上都十分地均勻。

但另一方面，液體中微小的漣漪也因為受到拉伸而變得更大，這些不均勻的地方隨後將觸發恆星和星系的形成。

暴脹在突然之間結束，並且釋放出大量的能量，這些能量創造出許多新粒子。那些奇特的物質消失，並且被物理學家所熟知的粒子——夸克（質子和中子都是由夸克所組成，但此時的宇宙還太熱，無法形成質子與中子）、反夸克、膠子（在夸克和反夸克間傳遞強作用力的粒子）、光子（構成光的粒子）、電子等所取代。其中可能還包括組成黑暗物質的粒子，雖然我們認為黑暗物質確實存在，但至今我們仍不瞭解其本質。

那麼那些奇特的物質跑哪去了？其中的一部分在暴脹的過程中被拋到我們可能永遠都見不到的區域，一部分則隨著溫度的下降，衰變成較為一般的粒子。宇宙中的物質在此時已經不像先前那麼炙熱和稠密，雖然它們還是遠比今天我們所知任何地方的物質炙熱和稠密（包括恆星內部）。這時的宇宙充滿了熱且發光的霧（或電漿），這些霧主要由夸克、反夸克和膠子所組成。

宇宙持續地擴張（但速度遠比暴脹時慢），一直降到足以讓夸克和反夸克以二或三個為一組結合在一起的溫度，形成質子、中子和一種稱為強子（hadron）的粒子；此外還有反質子、反中子以及反強子。當宇宙誕生一秒後的時刻，你還是很難看穿這些發亮的電漿濃霧。

接下來的幾秒鐘你會看到一場煙火秀，因為之前產生的那些物質和反物質大部分都會湮滅，釋放出大量的新光子。現在這團霧主要是由質子、中子、電子、黑暗物質以及光子所組成（其中光子占了絕大多數），但是由於帶電的質子和電子阻礙，光子無法長距離移動，因此這團正在不斷擴張及冷卻中的霧能見度仍然很差。

在宇宙誕生幾分鐘後，殘存下來的質子和中子開始結合形成原子核（主要是氫和氦的原子核）。這些粒子依然帶電，因此你仍然無法看穿這團霧。這時的霧狀物質和今天我們在恆星內部找到的物質沒什麼兩樣，只是充滿了整個宇宙。

經過前幾分鐘的狂暴之後，宇宙在接下來的幾十萬年中維持較為穩定的狀態，且持續地擴張及冷卻，當光的波長隨著宇宙膨脹而拉長，這團熱霧也穩定地變薄、變暗以及變得偏紅。經過38萬年後，當我們最終可見的部分宇宙終於膨脹成幾百萬光年大時，霧終於散開，宇宙成為透明的，就像我們在地球上看見的宇宙的模樣。電子在此時與氫和氦的原子核結合成完整的原子。電子和原子核的電荷互相抵消，因此完整的原子不帶電，讓光子可以自由地移動。

在霧中的漫長等待之後，你會看到些什麼？四面八方都是暗澹的紅色餘光，隨著空間膨脹把光子的波長拉得更長，這些餘光也越來越紅，越來越微弱。當肉眼再也看不到這些光線，只剩下無邊無際的黑暗，我們就進入了宇宙的黑暗時期（Cosmic Dark Age）。

來自大霹靂最後一道餘暉的光子，穿過了宇宙一直旅行至今，它的波長也在這個過程中越變越長，成

為今天我們所觀測到的宇宙微波背景輻射（cosmic microwave background radiation），從天際的每個方向抵達地球。

宇宙的黑暗時期持續了幾億年，這段時間什麼都看不到。宇宙中還是充滿了物質，大部分是黑暗物質，其他是一些氫和氦氣，這些物質都不發光。但有些變化正悄悄地在黑暗中發生。

那些因為暴脹而被放大的微小漣漪意謂著宇宙中有某些區域包含的質量大於平均質量。較高的質量使得那些區域的重力較大，又吸引了更多的物質，而原本就在其中的物質也因此而聚集得更緊密。經過幾百萬年的時間，這些重力造成的黑暗物質團與氣體隨著吸引更多的物質而逐漸成長，同時與其他雲團碰撞與融合而快速變大。當氣體被吸進這些雲團時，原子的速度會加快且變熱。當雲氣太熱時會停止塌縮，除非放出光子來降溫或是與另一團物質碰撞而受到擠壓。

若氣體雲持續地塌縮，它會分裂成許多雲球，這些雲球的密度高到連內部的熱都無法散出，最後達到一個臨界點，位於雲球中心的氫原子核因為高溫及高壓開始融合成氦的原子核並釋出核能。想像你正坐在其中一個正在塌縮的黑暗物質及氣體雲中，而這是地球所在的銀河系即將誕生的地方，你可能會被附近的雲球第一次綻放出的明亮光線嚇一跳，它們是即將誕生的宇宙第一代恆星，光芒劃破黑暗，黑暗時期結束了。

第一代恆星快速地燃燒它們的氫原子，然後在生命的最後階段把任何它們找得到的原子核融合成比氦重的原子，包括碳、氮、氧以及其他今天存在於我們四周以及我們體內的原子。這些原子在大霹靂中像灰燼般

被散布到鄰近的氣體雲，然後被用來創造下一代的恆星。這個過程不斷地重覆——恆星從積累的氣體和灰燼中誕生，然後死亡，創造出更多的灰燼。隨著更年輕的恆星不斷地誕生，我們的銀河系也逐漸地形成我們所熟悉的漩渦狀。類似的事情也發生在可見宇宙中其他黑暗物質與氣體雲堆上。

在大霹靂發生90億年後，一顆同樣誕生自氫和氦氣以及其他恆星死亡後的灰燼，且四周環繞著行星的恆星誕生了，開始發出光和熱。

在45億年之後，它的第三顆行星將會是已知宇宙中，唯一可以讓人類舒適生存的地方。人類，也就是你，將會在天上的每個角落中看到恆星、塵埃和氣體雲、星系以及宇宙背景輻射，但不包括黑暗物質，雖然它構成了宇宙的大部分。人們也看不到那些連來自該處的宇宙背景輻射光子都尚未抵達地球的遙遠地方。事實上，來自宇宙某些區域的光子可能永遠也到不了人類的星球。

這就是我們美麗的地球。

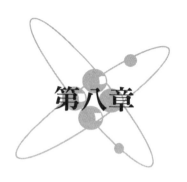

第八章

　　當艾瑞克結束演講，燈光再度亮起時，全場聽眾激動地跳了起來，爆出熱烈的掌聲，不絕於耳，一直在演講廳迴蕩著。

　　艾瑞克謙虛地鞠了好幾次躬，一走下講台，立刻被熱情的粉絲包圍，鎂光燈此起彼落地閃著，電視台的攝影機也爭先恐後地捕捉他的一舉一動。艾瑞克被團團圍住了，安妮和喬志連要接近他的機會都沒有。人群的力量把安妮和喬志緩緩地往後推，離艾瑞克站的地方越來越遠。

　　安妮的臉頰因為興奮而泛紅，不斷地喃喃自語：「太神奇了！」安妮又喋喋不休地對著文森說：「真是太神奇了！」文森則是一臉茫然，好像還在凝視剛才星星燃燒時的場景，還沒回到地球。

　　突然，喬志聽到身旁有一聲很有禮貌但卻也很尖銳的咳嗽聲，喬志轉身，看到原先坐在他旁邊的老人正站在那兒。喬志注意到老人的年紀相當大了，一頭白髮配上柔軟而雜亂的八字鬍，身上穿著有點太緊的粗花呢西裝，內搭背心，懷錶的鍊子繞在背心前。老人緊緊抓著喬志的手臂不放。

　　「你坐在艾瑞克女兒的旁邊，」陌生人帶著急切的語氣低聲

問：「你認識艾瑞克嗎？」

「是的……」老人身體往前傾，髭鬚幾乎要碰到喬志的臉了。喬志連忙試著往後退幾步。

「你叫做什麼名字？」老人問。

「我叫喬志。」喬志回答，仍然繼續試著往後退。

「你一定要找到他，」留著八字鬍的老人急迫地要求：「有些話我一定要跟他說，是很重要的事。」

這時，老人已經換上一副普通的眼鏡，讓喬志忍不住懷疑剛才自己是不是眼花了，為什麼會看到一副黃色的眼鏡。

「可是，請問您是……？」喬志問道。

「你竟然不認識我？」老人皺著眉毛反問。

喬志很認真地在腦袋裡搜索關於這個人的印象。他之前有見過這個人嗎？雖然不能明確地說出個所以然，可是，喬志並不覺得自己認識老人。可是，他又覺得這個人有點熟悉，他講話的方式聽起來很耳熟，答案幾乎要呼之欲出了……。

「你知道我是誰，不是嗎？」老人仍然不肯放棄。「快，快跟我說你知道我的名字。」

喬志絞盡腦汁，還是想不起來他到底是誰，只好很不好意思地搖搖頭。

「真的嗎？」老人的臉頓時垮了下來，失望到谷底的心情表露無疑。「在我的年代，我可是無人不知，無人不曉。」老人難過地說。「學校裡每一個學生都知道我的理論。你真的從來都沒有聽過盧魯賓嗎？」

喬志露出一個痛苦的表情，覺得心情糟透了。「沒有，我很抱歉，盧魯賓教授……」喬志甚至不知道該怎麼把話說完。

「聽到這樣的答案怎麼不叫人傷心呢。唉～你知道的，我是艾瑞克的指導教授！」年老的教授惆悵地說。

「啊，我想起來了！」喬志終於想到可以說些什麼討好老教授，不禁大大地鬆了一口氣。「我之前有看過您，就在艾瑞克大學時代的照片裡。您就是作育艾瑞克這位英才的教授啊！」

盧魯賓教授聽到這番恭維並沒有變得比較開心。「艾瑞克的恩師……。」他自言自語著。「嗯，這就是我的貢獻。大家就是

這樣記住我的，如果……」盧魯賓教授似乎在自我檢討。「沒關係，」盧魯賓教授果斷地說：「把艾瑞克找來見我。我會在他的辦公室等他。快點去，喬志！」

喬志得擠進人群，才能來到艾瑞克附近。艾瑞克被一團團的粉絲包圍住了，正忙著回答他們的問題。當喬志試著要擠過人群時，他們低聲警告喬志：「別再擠了！」喬志看到艾瑞克把卡斯摩的插頭拔掉，蓋上電腦，把它夾在腋下。

喬志終於來到艾瑞克的身旁，可以在他耳邊說：「艾瑞克，盧魯賓教授在現場，他有話要跟你說。他說是非常重要的事。」

「盧魯賓在這裡？」艾瑞克吃驚地看著喬志。「這裡？你是說在演講廳裡面？你確定嗎？**那位**我認識的盧魯賓嗎？」

「是的，你大學的指導教授，盧魯賓。他現在在你的辦公室等你，他說情況很緊急。」喬志回答的同時，想要跟艾瑞克說上話的粉絲仍然不斷地推擠他。

「那麼，我得趕緊離開了！」艾瑞克大聲地拍拍手，現場頓時安靜下來。艾瑞克對著粉絲說：「謝謝各位今晚的參與！下個月請繼續出席。屆時將進行微黑洞以及宇宙終結的討論。晚安，各位先生、女士以及小朋友們。」

艾瑞克的離開引起一陣比之前更熱烈的掌聲，跟在後頭的喬志眉頭深鎖。盧魯賓教授的出現有點不對勁，不管是那副黃色的眼鏡，還是他提起艾瑞克的方式，這些都讓喬志心神不寧。不管艾瑞克接下來會發生什麼事，喬志下定決心要查個水落石出不可……。

「你這是什麼意思？」盧魯賓教授用力地把一張照片扔到艾瑞克的桌上，力氣之大，以致於桌上喝到一半的茶、未開封的信件、科學文獻報告、以及一疊疊的書本也被波及，跟著輕微地晃動起來。

「盧魯賓教授，我……」艾瑞克滿臉羞愧，顯得不知所措。

喬志吃驚地看著艾瑞克，他從來沒有想過艾瑞克竟然會踢到鐵板。

盧魯賓教授只是站在那裡，盯著昔日的高徒。「艾瑞克‧貝

禮司，我知道這件事跟你脫不了關係，你最好給我解釋清楚。」

喬志偷偷瞧了那張照片一眼。從這張模糊不清的照片可以看到灰色坑洞的地表，可是，照片中間站著的那兩個太空人就看不清楚了。「喔，我的天啊。」艾瑞克嘀咕。

「這時候天也不靈了。」盧魯賓教授冷冷地說。

「都是**我的錯**，」艾瑞克連忙說：「請你不要責怪喬志。」

「**喬志！**」一聽到這個名字，盧魯賓教授整個人簡直發飆了：「你竟然帶一個小孩子到外太空去？接下來又會有什麼名堂？帶整個學校的孩童到月球狂歡？你的腦袋裡面到底在想什麼啊？」

「不，是我不好。」喬志勇敢地插話：「是我自己偷偷跟在艾

瑞克後面，因為我急著要問他一個問題。他沒有讓我去月球，是我自己沒經過允許就去了。」話一出口，喬志立刻明白他的解釋只是越描越黑。

「你竟然在進行太空旅行的時候，沒有把宇宙之門關好⋯⋯」盧魯賓教授緩緩地說：「導致一個**小孩子**在沒有大人監控的狀況下，擅自使用宇宙之門，跟著你到太空？你知道這件事的嚴重性嗎？」

「我真的很抱歉。」艾瑞克非常羞愧地說：「我不知道那個地方有衛星。」

盧魯賓斥責：「你真的是太大意了。『人類利益科學探究會』中國分部的凌博士把這張照片寄給我看。他很想知道自從一九七二年之後，明明再也沒有人為駕駛的太空梭到訪過月球，為什麼中國的衛星會照到月球上有兩個太空人的照片。」

「事情沒有那麼悲觀，不是嗎？」喬志滿懷希望地說：「如果他們沒有看到宇宙之門，那麼，卡斯摩將仍舊是個祕密。搞不好他們覺得那張照片只是失誤罷了。」

「**失誤**？」盧魯賓教授氣得大吼：「你們被逮到使用超級電腦到月球去，來個小小的一日遊，而你覺得這樣的行為只是一個小小的**失誤**？」

「請你不要對喬志大吼大叫。」艾瑞克說，他的情緒已經比較和緩。艾瑞克灌下一大口冷茶後，精神已經振作起來了。「我承認我錯了，但我們使用卡斯摩到月球，好讓我可以調查一個我正在研究的理論，我需要月球上的石頭做為範本。一切僅止於

此！整件事的來龍去脈不過就是這樣而已。」

「不！」盧魯賓教授鐵青著臉說：「這件事不會就此打住。到目前為止，這張照片仍屬於最高機密，凌博士會設法把事情壓下來，可是，如果照片一旦流出去，我們就吃不了兜著走了。如果我們讓卡斯摩的存在一直是一個完全沒有人知道的祕密，卡斯摩就會是一個專屬於科學探究的強大工具。你很清楚一旦超級電腦變成公共的知識，到時候將會有什麼後果。卡斯摩是世上最偉大的超級電腦，身為它的監護人，你！你竟然……」

盧魯賓教授氣得火冒三丈，喬志覺得他的怒氣就像爆發中的火山。

「現在是『人類利益科學探究會』處境最艱難的時刻。」盧魯賓教授繼續說，他現在的情緒已經平靜多了。

「人類利益科學探究會」是由一群貢獻卓越的科學家組成，目標在於確保科學用於增進人類的福祉，而非用於自私以及邪惡的用途。艾瑞克是會員，事實上，喬志和安妮也是其中的一員。當喬志和艾瑞克一起參與黑洞的冒險時，喬志就加入探究會了，成為協會裡年紀最小的成員。

「你應該有看到今天在演講廳外面的抗議吧，」盧魯賓氣沖沖地繼續數落艾瑞克：「你要知道『反引力增加』現在的勢力越來越龐大了。」

喬志注意到盧魯賓並沒有使用『反萬有引力增加理論學派』去稱呼那些抗議群眾，而是用了另一個名字。喬志覺得這其中似乎有些蹊蹺，畢竟，他們的全名比較符合他們的主張，因此，為

什麼眼前這位宇宙論的學者要這麼做呢？

「他們逐漸浮上檯面了，」盧魯賓繼續說：「在今天之前，他們從來沒有在公開場合現身。但是，他們知道世界各地的人開始反對科學，他們因此變得越來越有信心。在這樣的情勢下，如果一般大眾知道了你幹的好事，導致卡斯摩這台超級電腦曝光了，他們必定會開始質疑我們究竟還隱瞞了多少尚未公開的祕密。他們可能會宣稱，大型強子對撞機**確實**很危險，我們因此必須停止目前正在進行的研究，被他們這麼一瞎攪和，我們的科學生涯將劃上句點，科學這門學科也跟著完蛋了。」

喬志覺得艾瑞克的眼淚好像快掉下來了，喬志從來沒有看過艾瑞克這麼沮喪過。

「我該怎麼做呢？」艾瑞克問：「我該怎麼來彌補這個錯誤呢？」

「我已經召開一個緊急大會，把所有『人類利益科學探究會』的會員找來，」盧魯賓一邊說，一邊檢查背心前掛的圓形銀錶。你必須帶著卡斯摩馬上離開。探究會將審查卡斯摩在你保管的這段期間內，卡斯摩所有的操作紀錄，看看超級電腦的使用是不是一切合法。」

喬志和艾瑞克兩人同時倒抽一口氣。一想到科學探究會將對卡斯摩的使用紀錄進行全面性的檢查，然後發現他們最近用卡斯摩來運送一隻豬，兩個人立刻變得坐立難安。

「你將要跟科學探究會解釋你的所作所為。」盧魯賓說。

「這有點棘手……」艾瑞克嘀咕，心裡一直盤算著該怎麼替

肥弟的事解套。

「他們將決定你是否可以繼續作為卡斯摩的保管人以及監護人。對了，我已經幫你安排好行程了。」

艾瑞克嚇得面無血色。「你是說，他們要把卡斯摩從我身邊帶走？」

「他們不可以這麼做！」喬志忍不住大叫：「那是不對的！」

「再說吧。」盧魯賓說：「艾瑞克，你現在就得離開。他們會去你家接你。」

「他們要帶我去哪裡呢？」艾瑞克問。

「去那個偉大實驗進行的地方。」

「我跟你一起去。」喬志說：「我是科學探究會的會員。我也應該出席的。」

「不行，」盧魯賓大聲斥責：「你給我乖乖待在這裡，這沒有小孩子的事。」

「盧魯賓說的對。」艾瑞克溫和地說：「這件事跟你沒關係，喬志。」

「可是，你要去哪裡？」喬志問：「會員大會在哪裡舉行？你哪時候會回來呢？」

艾瑞克深深地吸了一口氣，平靜地說：「大型強子對撞機的實驗園區。我要回到時間剛開始的地方。」

　　說完，三個人排成一列，默默地走出艾瑞克的辦公室往大樓出口走去。喬志和艾瑞克走出大門，來到街上。可是當喬志轉身時，透過玻璃門，他並沒有看到盧魯賓跟上來——老教授在前門的樓梯口消失不見了。喬志心想，這真是詭異。盧魯賓要去哪裡呢？

　　「艾瑞克，」當這位科學家正在開腳踏車的鎖時，喬志納悶地問：「數學系下面是什麼？」

　　「**下面？**」艾瑞克反問，一臉茫茫然。「我從學生時代就不曾去過。」

　　「地下室有什麼？」喬志打破沙鍋問到底。

　　「我想，應該是一堆陳年沒用的廢物吧。大部分是老電腦。我也不知道……」艾瑞克搖搖頭。「喬志，抱歉，我的腦袋現在還有其他事情要處理。去找你的腳踏車。我們回家吧。」

第九章

回到艾瑞克的家，得知艾瑞克的演講大受好評，安妮忍不住欣喜若狂地歡呼。

「文森說你非常了不起。」安妮興沖沖地說：「他說你的演講造成很大的**轟動**！」

可是，歡樂的氣氛並沒有持續太久。只需要用眼角的餘光稍微瞄艾瑞克和喬志一眼，蘇珊馬上知道情況不對勁。她把艾瑞克帶進書房，並且把門關上，不過，門就算關起來也並沒有任何差別，兩個小鬼仍然可以透過薄薄的牆壁，把大人的對話聽得一清二楚。

「你這是什麼意思？」當艾瑞克透露消息後，喬志和安妮聽到蘇珊質問艾瑞克。

「你怎麼可以說走就走，今天晚上就要去瑞士？學期才剛開始呢！你的學生要怎麼辦？**我們**該怎麼辦？你答應過我，會幫忙我們結婚紀念日的派對！我們已經計畫好久好久了。艾瑞克，你不要再讓我失望，不要再給我來這套了！」

「發生了什麼事？」安妮低聲問喬志。兩個人躲在廚房裡，全神貫注地偷聽大人講話。

「我們被人造衛星拍到我們在月球上的相片。」喬志對安妮說：「相片被科學探究會中國分會寄到某位老教授的手中。你爹地現在有麻煩了。他必須立刻前往大型強子對撞機的實驗區出席會議，他必須對發生的事提出一番解釋，好讓會員決定他是不是可以繼續擁有卡斯摩。」

安妮一臉慘白。「你是說，我們有可能會**失去**卡斯摩？」安妮小聲地說。

「蘇珊，我真的非常抱歉。」在隔壁房間的艾瑞克說。

「你**答應**過我的，」蘇珊心平氣和地說：「你答應過我，你不會再把我們的紀念日搞砸了！」

喬志和安妮都不想再繼續聽下去，可是，他們卻沒有辦法不去聽見，每一個可怕的字眼都一清二楚地傳入他們的耳朵。

「如果我現在沒有去，我**必定**會失去卡斯摩。」艾瑞克說。

「卡斯摩！」蘇珊憤怒地反擊：「我已經受夠了那台電腦！他除了惹事生非，一點用處都沒有。」

「事實不是這樣的，」艾瑞克無力地抗議。

安妮跑出了廚房，衝進書房，戲劇化地宣布：「停！我再也受不了了！你們不要再吵了！停！你們通通給我停下來！」

喬志呆呆地杵在廚房，不知如何是好。自從喬志認識隔壁這家人以來，這是喬志第一次寧願回到自己的老爸老媽身邊。就算

是他的雙胞胎妹妹老是哭鬧不停，老媽總是煮出一些叫人不敢恭維的食物，喬志現在也甘願回到自己的家，離安妮、蘇珊和艾瑞克遠遠的。

「安妮，拜託妳行行好，這是我和妳爹地之間的事，妳別插手。」蘇珊說。

「他們要把卡斯摩帶走嗎？」安妮問著她的爹地。艾瑞克好像已經飄到自己的小宇宙，完全不在狀況內。

「什麼？妳說什麼？」艾瑞克反問，語氣聽起來好像被嚇了一跳。

「你根本沒在聽，不是嗎？」蘇珊深深地嘆了一口氣，講話

103

的語氣好像她完全被打敗了：「我在跟你講話，可是你滿腦子都是你的科學！」

「我……我……我……」艾瑞克無話可說了。

「或許，失去卡斯摩對你而言是一件好事。」蘇珊脫口而出：「我希望他們把那台該死的電腦從你身邊帶走，這樣，我們就可以回到正常的家庭生活了。」

「媽咪！」安妮驚恐地大叫：「妳不是說真的吧。」

「不，我當然是認真的。」蘇珊說：「如果科學探究會沒有毀掉那台害人不淺的電腦，我也會動手，親手把它毀了！」

之後，家裡的氣氛變得很怪、很冷淡。艾瑞克踩著沉重的腳步，上樓收拾行李。安妮緊緊跟在後頭，像機關槍一樣，提出一大堆建議，要怎麼跟科學探究會解釋。「安妮！我自己的事，我自己會處理！」喬志聽到艾瑞克用高八度的音量要安妮住嘴：「走開！這裡沒有妳的事！」

喬志站在廚房的原地，一動也不動。他聽到安妮跑下樓，衝進艾瑞克的書房，砰地一聲，用力把門甩上。吵人的啜泣聲幾乎要把屋頂掀起來了。

「安妮……」蘇珊輕聲敲著書房的門。

「走開！」安妮大吼：「我恨妳！我恨你們全部的人！」

蘇珊來到廚房，臉色蒼白，看起來一副心力交瘁的樣子。「對不起，喬志。」蘇珊用非常疲倦的聲音道歉。

「沒關係。」雖然喬志的嘴巴是這麼說，但其實他一點都不好過。他從來沒有看過大人這麼激烈地爭吵，眼前的一切讓他覺

得很煩。

「你現在也該回家了。」蘇珊和善地說。

出乎意料之外，艾瑞克在門口出現了。「喏，把這個帶著……」艾瑞克把關在籠子裡的倉鼠——布奇，遞給喬志。「噢——還有這個。」艾瑞克難過地補上一句。「這個送你當紀念品，免得他們趁我不在的時候，把我所有的太空用品都沒收了。我想，你會想要把這個東西留下來的。」艾瑞克把一個看起來像羽絨墊的東西塞進帆布背包裡面。喬志一眼就認出這個灰白

色的東西是什麼——艾瑞克把喬志的太空衣送給他了。

「你確定嗎？」喬志問，背起帆布背包，雙手拿起籠子。布奇不是一隻尋常的寵物倉鼠，事實上，它是世界上唯一一台奈米超級電腦。布奇是艾瑞克之前的同事瑞普博士所設計的，它幾乎跟偉大的卡斯摩一樣，有著非常強大的功能。

就**理論上**而言，布奇的功能很強大，但問題在於艾瑞克不知道該如何操作布奇。這台奈米超級電腦偽裝成一隻活生生、毛茸茸的小動物，它沒有控制面板，也不會對任何電腦指令或人類的命令起反應。少了創造布奇的瑞普博士，超級電腦布奇完全無用武之地。艾瑞克之前曾經試著要讓布奇和卡斯摩連線，可是並沒有成功。到後來，布奇乖乖地住在寬敞的老鼠籠裡面，每天不是清清牠的鬍鬚，繞著輪子轉圈圈，就是呼呼大睡。對於世界上第二聰明的超級電腦而言，這根本是大材小用……除非瑞普結束他在某個遙遠物理研究所的長假回來，否則艾瑞克也拿布奇沒辦法。現在唯一可以做的事就是好好保護布奇的安全，不要讓牠曝光。

除了瑞普，布奇的祕密只有喬志、艾瑞克和安妮知道。換句話說，「人類利益科學探究會」完全不知道第二個超級電腦的存在，他們只知道卡斯摩。

「喬志，再見了。」艾瑞克說：「希望你一切順利。」

「安妮呢？」喬志問。安妮的啜泣聲暫時停止了。

「我會叫她傳簡訊給你，」蘇珊說：「當我們把這目前的一切都處理完之後。」

　　喬志從安妮家廚房的門溜了出來，穿過後院，鑽過籬笆上的
洞，往回家的路走去。黑暗中，喬志的家散發出溫暖而熟悉的亮
光。由環保人士，喬志老爹自行組裝的太陽能發電機並沒有辦法
提供太強的電流，所以每到傍晚這個時刻，電力老是不足。

　　喬志打開後門，進入廚房，看到喬志的老媽黛西，正忙著給
雙胞胎嬰兒準備蔬菜濃湯，剎那間，家的味道襲捲而來，黛西轉
身對喬志微微笑。

　　黛西看到她的大兒子背著一個帆布包，拿著一個大大的倉鼠
籠子在門口徘徊，關心地問：「你有先回家過了嗎？我的意思

是，你有好好休息一下了嗎？」喬志頓時哽咽。他什麼都沒說，只是點點頭。

「很好，」黛西溫柔地說：「我知道要你和妹妹們相處在一起並不容易……」爐子的兩邊各自放著一個燈芯草編織的籃子，雙胞胎妹妹一人各睡一邊，在籃子裡香甜地打盹。又黑又長的眼睫毛垂落在白裡透紅的臉頰上。「當她們再大一點，情況就會比較好了。」黛西給喬志一個擁抱，繼續說：「到時候，她們也不會這麼吵了。」

雙胞胎其中一個──喬志也搞不清楚究竟是哪一個妹妹，在睡夢中笑開了，發出非常清脆的咯咯聲，好像天上的小星星灑落一地似的。

「等她們再大一點的時候，你會覺得她們很不可思議──到時候，你完全沒有辦法想像，沒有她們的日子會變得怎麼樣。」

喬志老爸特倫斯站在門口看著他們。喬志突然明白，老爸老媽對於他老是泡在鄰居家鬼混，從來不曾說過什麼責備的話。他們默默的包容讓喬志很感動，一股溫暖突然湧上心頭，滿到說不出話來。

「真好，你回到家了，喬志。」喬志老爸帶著粗啞的聲音說：「我們都很想你。來吧，讓我來幫你一把。」喬志老爸拿起鼠籠，看了一眼那個世界第二厲害的超級電腦偽裝成的倉鼠。布奇就像喬志的雙胞胎妹妹一樣，也正在呼呼大睡。「這是……？」

「牠叫布奇。牠可以放在我的房間嗎？」

老爸老媽微微笑。「當然可以了。」黛西說：「這小東西好

可愛！比起肥弟那隻好笑的豬公，它小多了。」

「我等會幫你拿上樓。」特倫斯表示。

喬志爬上樓梯，回到自己的房間，在自己熟悉的床鋪進入夢鄉。窗簾留了一個縫隙，好讓他在半夜醒來的時候，可以看到流星。

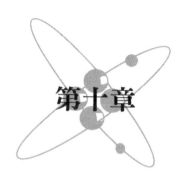

第十章

　　人煙稀少的街道上，一台黑亮亮的加長型禮車停在艾瑞克家門口。司機打開車門下了車，按了艾瑞克家的門鈴。面無血色的艾瑞克早已準備好了。他緊緊抓著一個很小的行李箱，另一個電腦手提袋裡放著卡斯摩，在門口等著。經過門檻時，他轉過身道別，蘇珊和安妮依依不捨地抱著艾瑞克。

　　「我該走了。」艾瑞克說。黯淡的雙眼在蒼白的臉頰上好像兩顆快要熄滅的星星。

　　「希望你一切順利。」蘇珊輕輕地說：「艾瑞克，你自己要當心點呢！要注意自己的安全，拜託！壞人到處都是，你知道的，有些人對你不滿。」

　　「放心，放心，我不會有事的！」艾瑞克安慰著蘇珊，試著讓自己的語調聽起來很樂觀。現在，艾瑞克真的要離開了，蘇珊和安妮再也不能生他的氣了。「過幾天我就會回來，到時候，我們將會覺得整件事有夠荒謬！整件事說穿了不過是個誤會罷了──一旦我有機會解釋，我相信每個人都可以諒解，一切都不會有問題了。搞不好，我會在你們開始想我之前就回來了！說不定，回來的時候剛好趕上結婚紀念日的派對！」

「拜拜，爹地！」安妮說，下嘴脣忍不住顫動。

「教授，這邊請。」等得有點不耐煩的司機說：「我們出發的時間到了，該上車了。」

艾瑞克轉身，鑽進豪華座車，司機小心地把後車門關上。車窗是深色的，所以蘇珊和安妮沒能透過玻璃窗看到艾瑞克一坐上軟皮椅，放下電腦後，眼淚便開始撲簌簌往下掉的情景。

車子一上路，馬力強大的引擎便發出低沉的顫動聲。他們悄悄來到最近的機場——這是私人的飛機跑道，每天只有寥寥可數的飛機起降。司機對門口的保全人員交代了幾句話之後，車子駛進門口，一路來到飛機場。

朗朗的月色下，一台噴射機靜靜地等著，小型階梯從機門前

緩緩放下，方便艾瑞克從車子直接步上階梯登機。上機後，艾瑞克發現自己竟然是唯一的乘客。

　　一會兒後，機長的聲音從麥克風傳來：「晚安，貝禮司教授。很榮幸今晚能為您服務。一個半小時後，我們將會在大型強子對撞機實驗園區附近的機場降落。現在，請您繫上安全帶。」

　　噴射機在跑道加速往前衝，平穩地抬起機頭，直直往上衝，劃破夜空，往未知──或許是艾瑞克職業生涯的盡頭前去。

　　雖然一上床就立刻呼呼大睡，喬志並沒有一覺到天亮。好像才過了幾秒鐘就醒過來，喬志發現自己直挺挺地坐在床上，冷汗直流。喬志做了很多奇奇怪怪的夢：在某個遙遠的行星，綠色的大太陽下，一群黑衣人穿過濃密的橘色草地，緊追著肥弟不放。黑衣人在喬志的夢裡大喊：「抓住那隻犯罪的豬，不要讓牠跑掉！」喬志想要大叫，要他們離肥弟遠一點，可是，聲音卻卡在

喬志的喉嚨，只能發出很無力的低沉呻吟。

　　喬志半夜被惡夢驚醒，腦中閃過一個恐怖的想法，讓喬志不寒而慄。如果艾瑞克失去了卡斯摩，那麼，喬志再也沒有機會知道肥弟在哪了！當時，艾瑞克沒有告訴喬志肥弟的新家在哪裡，艾瑞克說他還要用卡斯摩查查看。如果卡斯摩不見了，失去了卡斯摩也意味著失去肥弟！如果卡斯摩把肥弟送去宇宙最遠的地方呢？肥弟不就離喬志越來越遠了……？一想到自己有可能再也看不到肥弟，喬志忍不住自責起來，都是自己的錯，沒有在最開始的時候好好照顧肥弟。

宇宙的膨脹

天文學家哈伯
（Edwin Hubble）曾經在加州的
威爾遜山天文台使用口徑一百英吋的望
遠鏡來研究夜空。他發現夜空中那些模糊的發
光斑點，也就是星雲，其實跟我們的銀河系一樣是
星系。雖然星系的尺寸變化很大，其中包含了億萬顆
恆星。他還發現了一項驚人的事實：其他的星系似乎正在
遠離我們，而且距離我們越遠的星系，遠離我們的速度越
快。人類所認知的宇宙突然間變大了許多。

宇宙正在膨脹：星系之間的距離正隨著時間而變大。我們可
以把宇宙想像成氣球的表面，並且在上頭畫上小圓點來表
示星系。當我們把氣球吹脹時，小圓點或者說星系就會
彼此遠離，當兩個小圓點間的間距越大，兩者間遠離
的速度就越快。

紅移

太空裡那些炙熱的星體，例如恆星，會發出可見光。
但由於宇宙正在不斷地膨脹，這些遙遠的星球和它們所在的
星系也不斷地在遠離地球，使得來自這些星系的光波長在穿越星際時
被拉長，當它旅行的距離越遠，被拉長的程度就越大。這個過程會讓可見
光抵達地球時看起來偏紅，這就是所謂的宇宙紅移（cosmological redshift）。

喬志悶悶不樂地躺在床上，對於自己以及肥弟感到難過。不知為何，喬志突然想到，半夜裡來個杯子蛋糕和一杯牛奶或許可以給他一些安慰。於是，穿著睡衣的喬志溜下床，踮著腳尖，躡手躡腳地下樓，深怕把睡夢中的小嬰兒弄醒，他可就吃不完兜著走了。

走到一半時，喬志聽到一個聲音，這個聲音聽起來像是從一樓發出來的。想到一樓現在黑漆漆的、什麼人都沒有，頓時，喬志覺得頭皮發麻，嚇得不敢再往前走一步，可是，他也不想再走回房間裡去，免得引起不必要的注意。於是，喬志豎起耳朵，非常仔細地聽著任何微小的聲響。

當喬志開始懷疑是不是自己的耳朵有幻聽時，他又聽到那個怪聲了。聲音很輕，可是非常清楚──是腳步聲，跟喬志自己的腳步一樣小心、神祕。滿月的月色異常皎潔明亮，很像是大白天的時候，白晃晃的光線

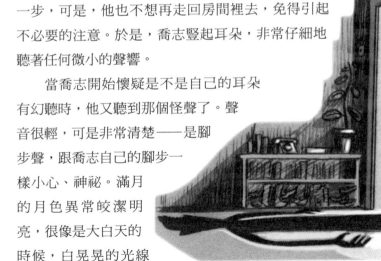

透過樓梯間的窗戶，灑進了整個房間。喬志緊緊地靠著樓梯的牆
壁，嚇得一動都不敢動。從喬志站的地方，他看到樓梯間的牆壁
上有個長長的身影，穿過樓梯底部，一路走到廚房。之後，喬志
聽到後門被打開了，接著又被關上，闖空門的人踩著像貓一樣輕
盈的腳步離開了。

　　喬志盡可能地不發出任何聲響，躡手躡腳地上樓梯。從窗戶
往後院看去，就著月色，喬志看到一道長長的影子，偷偷溜到後
院，最後好像浮在籬笆上，不見蹤影了。喬志的腎上腺素頓時上
升，心臟在胸口非常急促地怦怦跳，導致腦子一片暈眩。喬志衝
到老爸老媽的房間，把喬志老爸搖醒。

「齁──咿！」喬志老爸發出呼聲後，轉過身繼續睡。

「老爸！」喬志小小聲地，心急如焚地喊著：「老爸！你快醒醒啊！」

「咿噎！」喬志老爸模糊不清地說著夢話：「禁止炸彈！拯救海豚！肉食殺生！」

喬志不死心，又搖搖睡夢中的老爸。

「禁止海豚！拯救肉食！炸彈殺生！」特倫斯繼續說著夢話。在一旁的黛西則是把頭埋在枕頭下，發出輕輕的呼聲。

終於，特倫斯醒過來了。「喬志，是妹妹們在哭嗎？」特倫斯呻吟地問：「他們──又要餵奶了嗎？」

「老爸，」喬志告訴特倫斯：「我看到有人跑進我們的房子裡了！我看到他翻過後院的圍牆。」

特倫斯笨重地起身，不高興地咕嚷：「如果能在這裡偷到什麼值錢的東西，算你厲害。」接著又繼續碎碎唸：「不管你在這裡找到什麼，都算你好狗運。」發牢騷歸發牢騷，特倫斯仍然下樓檢查一番，帶著愛睏卻又嚴肅的表情回來。

「後門是開的。」老爸對喬志說：「我已經把它鎖起來了。你知道的，可能是貓咪弄開的。現在，乖乖回去睡覺了，不然把妹妹們──」

這時，兩人同時聽到一聲嚎啕大哭，從其中一個搖籃傳出來。「慘了，」另一個嬰兒也很有默契地加入這場戰局，特倫斯抱怨：「這個醒了……現在另一個也醒了，阿志，乖乖回去睡覺，晚安。」

　　隔天坐在教室裡，喬志頭痛得要命，耳朵一直嗡嗡作響，他的眼睛幾乎睜不開了，身體更是不聽使喚，上半身老是不由自主地往桌子倒去。喬志老爸決定不要報警，畢竟也沒有任何財物損失。總之，特倫斯相信是某種小動物搞的鬼，可能是小貓溜進廚房找食物。

　　但是，喬志並不這麼想，他聽到的那個腳步聲實在是太大聲了，絕對不可能是貓咪的腳步聲，除非那隻貓是一隻雪豹。說那個腳步聲是人的腳步聲還比較合理。儘管如此，喬志也沒有跟老爸爭論些什麼。不管三七二十一，喬志狠狠地打了一個大哈欠，好把所有的瞌睡蟲都趕走。

　　「我們把你吵醒了嗎？」歷史老師好聲好氣地問。

　　「報告老師，沒有。」喬志恭恭敬敬地回答。

　　「那麼，請你拿出課本，翻到第三十四頁。」

　　喬志在書包裡胡亂搜了一會兒，找到了課本。他翻到了他做記號的那一頁，想起了昨晚的回家功課應該要預習這一頁。唉呀，都怪艾瑞克的演講實在是太精彩了，喬志壓根兒忘了這件事。

　　不過，有人比喬志早了一步——在書頁裡塞了一張紙條。這張紙條被折成一半，上面用彎

彎曲曲的書寫體寫著喬志的名字，這個老派的字跡喬志再熟悉也不過了。喬志的心猛然往下一沉，打開紙條，唸著：

喬志：

惡勢力正在宇宙中蔓延。我們的朋友艾瑞克現在有性命危險，我們必須伸出援手。
你不要來找我，我會主動聯絡你。

瑞普老師筆

喬志覺得背脊竄起一陣涼意。昨晚，他把書包扔在樓下客廳的桌子上。這意味著，昨晚他看到的影子和聽到的腳步聲是真有其人，而這個人不是別人，正是艾瑞克以前的死對頭——瑞普‧葛拉漢。

「瑞普為什麼要來找我？他為什麼不去找艾瑞克呢？」喬志心裡覺得納悶，同時也感到毛骨悚然。

喬志這麼一問時，他自己也立刻明白答案是什麼。因為艾瑞克不在那兒——至少昨晚的時候，他已經帶著卡斯摩離開了。或許瑞普這個怪咖預計在艾瑞克的書房找到布奇這台奈米超級電腦，可是，他萬萬沒料到布奇已經放在喬志的臥房了，而瑞普沒有膽子踏進喬志的房間一步。如果瑞普的的確確是打算去找艾瑞克，那麼，昨天去找他可真的是晚了一步。所以，瑞普回頭來找

喬志。如果瑞普選擇在三更半夜偷偷出動，這表示瑞普一定有很重要的事要跟喬志說。喬志心理明白他必須要找到瑞普，當面問個清楚。問題是：他能相信瑞普嗎？

如果是安妮的答案，喬志連問都不用問，答案鐵定是：「門都沒有！」瑞普已經有兩次不良紀錄，讓他們捲入宇宙大災難，幸好，瑞普到最後已經改邪歸正了。當安妮、喬志和艾瑞克被困在某個遙遠的衛星，沒辦法回地球，瑞普救了他們所有人一命。當他們成功回到地球後，瑞普洗心革面，發誓要擺脫不光彩的過去。他親口說過，要跟艾瑞克重修舊好，他承諾要再度致力於科

學研究，而不要再過著偷偷摸摸的日子了。

　　根據喬志在課本找到的紙條來判斷，瑞普應該心裡有譜，知道該怎麼拯救艾瑞克。喬志的腦袋裡浮現千百萬個問題，第一個閃過腦袋的問題是：他到底該怎麼找到瑞普？

　　「如果我是個瘋狂、過氣的科學家，我會去哪裡？」喬志在心裡問道。至少，他**打算**是要問自己的，沒想到他竟然脫口而出，大聲說了出來。

　　「我不知道瘋狂的科學家會去哪。但是，如果我是喬志·格林比，我現在會在第三十四頁的地方，並且準備回答老師寫在黑板上的問題。」喬志的老師依舊帶著溫和的語氣回答。

　　台下的同學忍不住掀起一陣陣竊笑。「老師，對不起。」喬志不好意思地回答。剩下的三十分鐘，喬志努力讓自己的腦袋專注在教室裡，而不再飛到九霄雲外的宇宙惡勢力。

　　不去想艾瑞克的事？唉～這簡直是不可能的任務。有一件事不斷地在喬志的腦袋裡打轉，清楚地就好像卡斯摩的螢幕上閃爍著斗大的紅字，這件事就是——**艾瑞克現在有生命危險了！**

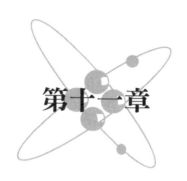

第十一章

　　放學後，喬志騎著腳踏車在福克斯鎮晃來晃去，不打算直接回家。明明知道這樣做也不可能會在街上碰到瑞普，可是，喬志也不知道還有什麼其他的方法。靈光乍現，喬志想起卡斯摩畫的福克斯鎮地圖。對了，就是那個地窖！如果喬志能找到黑衣人祕密集會的地下室，他或許可以知道反萬有引力增加派更多的內幕消息。此時此刻，喬志一點頭緒也沒有，但他就是**知道**瑞普留下的訊息和這些黑衣人絕對脫不了關係。

　　瑞普有參加示威遊行嗎？

　　瑞普就是那個企圖要跟文森講話的黑衣人嗎？

　　想到這，喬志不由得加快腳步，踏板越踩越快。喬志對福克斯鎮瞭若指掌，卡斯摩的地圖精確地顯示出祕密地窖的位置。

　　當喬志抵達後，喬志明白這棟學院不只是艾瑞克辦公的大樓，也是他和瑞普大學時代做實驗的地方，當時他們都是盧魯賓的研究生。艾瑞克、瑞普以及偉大的盧魯賓都曾經是這個學院的一員。

　　盧魯賓，這個名字閃過喬志的腦袋。為什麼**盧魯賓**好像無所不在，可是卻又無處可尋呢？

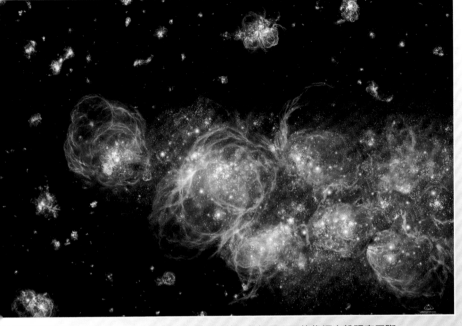

伯望遠鏡觀測結果顯示，宇宙大霹靂後所誕生的第一代恆星，可能像煙火般照亮天際。

年輕閃亮的NGC 3603星團，位於船底座，距離2萬光年遠。

哈伯太空望遠鏡所觀測到可見宇宙的最深處影像。

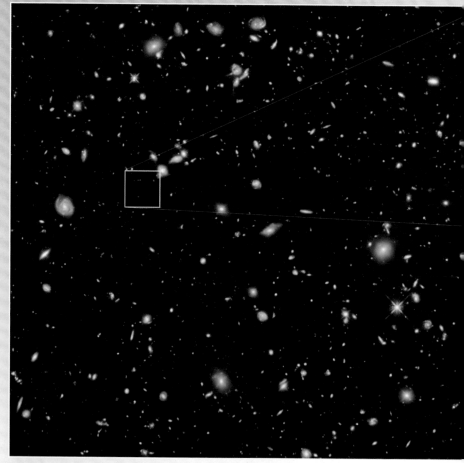

紅外線影像所呈現的微弱紅點，顯示了宇宙中可見到的最早形成的星系之一。

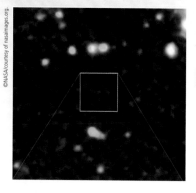

小方框內標示的
個結構密實的星
年齡僅自大霹靂
生後4億8千萬年
是形成今日巨大
系的基石。

Abell 1689大型星系團，天文學家使用
了最新的科技繪製了不能被直接觀測
到的黑暗物質分布圖。

© CERN

回顧大型強子對撞機早期正在建造的時刻，這是位於歐洲的國際實驗計畫。

　　艾瑞克的學院大門深鎖，可是，大門上面提供學生進出的小門是敞開的。喬志穿過小門，迎頭撞見一臉嚴肅的學院管理員正在等他。

　　「我有東西要交給貝禮司教授。」喬志不知道該說些什麼，只好撒個小謊。

　　「把東西留在桌上就行了。」管理員咆哮，他費盡千辛萬苦終於把身後綠油油的草坪整理完畢，仔細掃乾淨草皮上的金盞花瓣以及鋪石子路，再把黃銅製的門環擦得閃閃發亮。現在，他絕對不允許一個髒兮兮的小男孩把完美無缺的庭院弄亂。「學院已經關起來了。」

　　清潔人員站在原地，翹著高高的八字鬍，兇巴巴地瞪著喬志。可憐的喬志，完全沒有機會溜進學院裡面了，只好摸摸鼻子，打道回府。

　　喝過茶，休息一會兒後，喬志到隔壁找安妮，不過只有安妮的媽咪在家。蘇珊看起來一臉疲憊。通常，喬志只會在自己的老媽臉上才會看到這種煩躁的表情。眼前，蘇珊的頭髮翹得亂七八糟的，衣服也是隨便搭在一起的，眼神更是充滿擔憂。

　　「安妮不在家。」蘇珊對喬志說：「她跟文森一起去空手道課。文森無疑是位黑帶高手。」

　　喬志酸溜溜地想：他當然是高手囉。

　　「我很想請你進來坐坐，」蘇珊看起來有些緊張，她繼續說：

「可是，我現在正忙著準備星期天的大派對，所以有點忙不過來。真是不好意思。而且你看看，不知怎麼搞的，窗戶竟然被打破了，搞得房子裡到處都是玻璃。」

喬志一驚：「是昨天晚上發生的事嗎？」蘇珊看起來已經夠焦慮了，喬志不想雪上加霜，跟蘇珊提起昨天晚上有人闖進他家的事。

「好像是。」蘇珊回答。喬志覺得蘇珊好像快哭了。「昨天晚上我們什麼聲音都沒聽到，也沒有東西被偷。整件事真的是相當不可思議。」

「艾瑞克快回來了吧？」喬志岔題，想要讓蘇珊開心點。

「我幾乎沒有他的消息。不過，他說那個大型會議將在明天晚上舉行。」蘇珊繼續回答：「他希望所有的疑慮都可以順利釐清，好讓他隔天早上就可以搭早班的飛機回來。喬志，我相信他不會有事的。現在，我要去我妹家，在她家待個幾天，途中順便接安妮。現在，我要出門了，不能再跟你多說了。不好意思，我得走了，喬志。」

蘇珊關上後門，喬志聽到鑰匙上鎖的聲音，接著是門栓被推進卡鎖的尖銳噪音。喬志嘆了一口氣。這裡沒有他的事了，他也只得乖乖回家了。

喬志從後門進入廚房時，喬志老爸剛好轉開收音機聽新聞。

「**宇宙會因為大型強子對撞機而毀滅嗎？**」播報員用輕快的聲音報導今日的頭條新聞：「**這是今晚每個人都想問的大問題。**」

「喬志！」特倫斯問：「你知道這件事嗎？」

「噓！」喬志說：「老爸，你就幫幫忙，讓我好好聽一下。」
新聞繼續報導：

「今天由反科學的『反萬有引力增加理論學派』發布
了一份戲劇性的聲明，該團體宣稱，大型強子對撞機的
新實驗具有高度的危險性！在一封給宇宙的公開信
裡，該團體內的科學家一致聲明，該實驗缺乏謹慎的
安全考量，極有可能製造出微量的『真空』。」

「根據『反萬有引力增加理論學派』所提供的資
料來源顯示，人類在宇宙的存在倚賴『假真空』。『假
真空』有可能因為對撞機這個即將進行的高能量實驗而
被摧毀。該團體估計，僅需短短八小時，整個太陽系就會
被毀滅殆盡！目前，我們無法從大型強子對撞機實驗的負責
人，艾瑞克・貝禮司那邊得到任何評論。然而，就在前幾分鐘
前，從事該實驗的科學家代替貝禮司教授發表一份聯合聲明，保
證對撞機安全無虞，民眾無須對先進的科學技術產生恐慌。」

「現在，我們繼續關心今天其他的新聞——」

什麼是真空？
它和吸塵器又有什麼關係？

真空是指連空氣都沒有，「空無一物」的空間。舉例來說，如果我們把某個房間裡所有的氣體都抽走，就可以製造出真空。

吸塵器利用空氣幫浦製造出微弱的「真空」，幫你在打掃時把所有的灰塵一網打盡。但是你無法用吸塵器製造出我們這裡所要談論的真空。在我們的實驗裡，你需要吸力更強的幫浦。

Vacua意指真空的複數

大強子對撞機（Large Hadron Collider）的儲存環（beam pipe）裡的真空度可以達到外太空某些區域的水準！

真空

把所有的空氣粒子從房間中移除不是件容易的工作。即使一個房間裡完全沒有原子的存在，其中仍然含有輻射：

- 房間溫暖的牆壁會射出紅外線光子。

  - 電視天線會產生無線電光子。

  - 從大霹靂存留至今的微波光子。

  - 其他穿越過太空的粒子，例如來自太陽的微中子。

- 房間裡頭可能還會有黑暗物質！

倘若我們能夠藉由冷卻溫暖的牆面來移除那些輻射？那麼這個房間的真空將會比星系之間的太空還要空！但其中仍然會包含所謂的「量子場（quantum field）」。量子場可以用來描述光子、微中子、電子和其他粒子的行為。科學家把量子場的最低能量態定義為真空態（vacuum state），此時我們的虛擬房間中就充滿了這個不含任何可觀察粒子的能態。

如果我們看得夠仔細，我們還會看到時空和重力的小漣漪——重力波（gravitational wave）。

所以說，就算我們以為我們已經關緊房門，把房間裡的空氣分子都抽光了，這樣的真空檯面下仍然進行著各式各樣的活動。

把能量提供給真空態（物理學家的說法稱之為激發），
就會產生粒子。科學家把最低能量的狀態定義為真空。
擁有同樣低能量的真空狀態不只一個，在受到激發時，
它們會創造出一些看起來很熟悉的粒子。早期宇宙的溫
度遠高於今日，太空可能存在於一個能量較高的假真空
態（false vacuum state），其粒子以今日的眼光來看會
非常地奇特。隨著溫度下降，假真空態才衰變成目前的
低能量真空。而這個真真空（true vacuum）才是真正的
最低能量狀態。

地球上應該不會有任何實驗能夠把我們踢到另一個真空
去。

　　特倫斯關上廣播。「這是真的嗎？」喬志老爸臉色凝重地問：「艾瑞克的實驗真的會讓我們冒這麼高的風險嗎？」

　　「不！當然不會！」喬志不由得提高音量反駁：「艾瑞克的實驗是為了幫助人類，不是要毀滅人類的！」

　　「那麼，為什麼廣播會這麼說呢？」

　　「我也不知道。」喬志說：「有人想阻止他的科學新發現，所以虛構了『真空』這套假理論。哼，我一定要把事情查個水落石出！我必須跟艾瑞克站在同一陣線，幫他的忙。」

　　「你要做的是寫你的功課。」喬志老爸嚴肅地說：「還有，從

現在開始，你給我離艾瑞克這家人遠一點。我不希望你跟這件事有什麼牽扯。你應該知道我的意思吧，喬志？如果有什麼合理的解釋，我們也是要等到艾瑞克親自證實。在這之前，你不要給我蹚這渾水。你能答應我嗎？」

「好吧，我答應你。」喬志不甘願地說，偷偷在背後把食指與中指交叉，試圖減輕自己說話不算數的罪惡感。

星期六的早晨，穿戴整齊的喬志趴成人字形，懶懶散散地在羽絨床墊上賴床，思索著待會兒要做什麼。這時，電話響了。既然喬志已經上中學了，老爸老媽終於讓步，肯讓他使用手機了。

「安妮！」接到安妮的電話，喬志開心得不得了。喬志昨晚狂發簡訊給安妮，也撥了電話給她，可是她都沒有回電。

「你有聽到他們在新聞上怎麼說我爹地嗎？」

「嗯……有，」喬志小心地使用他的措辭，心想，有一個名人老爸真是一件恐怖的事。「妳爹地有打電話給妳嗎？」

「哼，並沒有，」安妮嗤之以鼻地說：「他連個簡訊或電子郵件都沒有，什麼鬼影子都沒有。網路上大家都說他是一個瘋狂的危險分子，他的實驗會毀掉整個宇宙，所以他進行的實驗必須立刻停止。唉～我現在只知道，我媽咪說我爹地會在今晚七點半跟科學探究會的會員開會。媽咪希望這個大型的會議結束後，爹地可以馬上回來。」

「我跟你說，我收到一張詭異的紙條，」喬志跟安妮老實招來。「是瑞普寫的。」

「**瑞普老師**？」安妮忍不住尖叫。「紙條上面說些什麼？」

「上面寫說妳爹地有危險了，惡勢力正在宇宙蔓延。」

「這簡直是廢話！」安妮提高音量說：「這不用說我們也知道！他為什麼不會說些有建設性的東西？你有跟他說到話嗎？」

「呃——沒有，他沒有打電話給我。」喬志繼續說：「他只有留下一張紙條，在一張羊皮紙上寫著古老的字體。妳知道的，非

常瑞普風格，好像他用羽毛作的筆沾血寫的。」

「難怪我們要叫他鬼普。」安妮用著恐怖的聲調接話。

「對了，我昨天有試著啟動布奇。」喬志繼續說。

「是唷！然後呢？有成功嗎？」

「呃──沒有，」喬志回答，眼睛看著布奇的籠子。這隻倉鼠超級電腦不斷用鼻子嗅著乾草，藍色的小眼睛空空洞洞的。喬志赫然發現，這是第一次布奇沒有瘋狂地繞著輪子跑圈圈。「我昨天晚上跟愛密特聯絡上了，他試了遠方連線，可是，他說他也無能為力。」愛密特是喬志以及安妮在美國的朋友，他是一個電腦高手。

「唉，真是傷腦筋！如果連那個怪胎都束手無策，那我們也沒什麼指望了。」安妮難過地說。

「不過，愛密特倒是提到一件事。」喬志繼續跟安妮報告：「他覺得布奇在輪子上一直跑是為了要讓電腦的中央處理機散熱。也就是電腦在運轉時，會有冷卻劑輸送到牠的腦袋。」

「你是說，布奇的電腦一直都在啟動狀態，只是我們不知道該怎麼用，讓牠乖乖聽我們的話！」安妮嘆了一口氣。「唉～真

的很沒力耶！布奇為什麼不肯幫我們一下呢？」

喬志還來不及回答，鼠籠突然冒出一聲高頻率的噪音。

「那個聲音是嬰兒的哭聲嗎？」安妮從電話的另一頭問。

「不是嬰兒……」喬志緩緩地說：「是布奇發出來的。」

布奇後腳站立，鼻子往上聞，前肢漫無目標地在空中飛舞。布奇又發出一聲讓人血液凍結的尖叫聲，聲音又大又恐怖，實在很難想像是從一隻小動物身上發出來的。冷不防地，布奇的頭左右晃動，牠轉過頭來，原本是天空藍的眼睛竟然露出黃色的閃光，兇狠地用牠的小眼睛瞪喬志。

「發生什麼事了？」安妮警覺地問。

「布奇中邪了！」

這時，布奇開口說話了：「喬志，喬志。」聲音彷彿是指甲

刮過黑板的聲音，讓人聽起來渾身不對勁。

「**誰在跟你講話？**」安妮在電話裡放聲大叫。

「布奇……」喬志低聲說，覺得毛骨悚然。「布奇剛才開口說話了！」就像喬志所知道的，布奇不像卡斯摩，牠是一台沉默的超級電腦，直到剛剛為止，從來不曾蹦出一個字。

詭異的是，布奇的聲音一點都不像倉鼠的聲音，也不像是電腦的聲音。這個聲音比較像是人類說話的聲音，一個喬志再熟悉也不過的聲音。

「是瑞普！」安妮推測：「布奇用瑞普老師的聲音在跟你說話！」

「喬志，」布奇又出聲了，不過這次的聲音比較清楚。「你一定要幫幫我。」

「我該怎麼辦？」喬志六神無主地問安妮。

「看他要幹什麼，」安妮催促。「小心，別被他騙了！你別忘了，我們曾經被他狠狠地擺了一道！」

「我該怎麼幫你？」喬志膽戰心驚地問，並且意識到自己正在跟一隻電子倉鼠交談。

「你必須來跟我碰面。」布奇說，眼睛閃閃發光。「你要到太空來找我。我們得當面好好談談。」

「瑞普，是你嗎？」

「除了我還會有誰？」布奇用瑞普的聲音回答。

「上一次，你把我們丟在離地球四十一光年遠的地方，讓我們把氧氣用光。上上次，你還想把艾瑞克丟進黑洞裡去。」喬志

鼓起勇氣跟瑞普對質。

「我已經改過自新了。」布奇簡短地回應：「我要幫你。」

「我為什麼要相信你？」

「你當然不用相信我，可是，如果你不過來弄清楚我要跟你說什麼，那麼，艾瑞克將永遠不會回家了……」

瑞普這麼一說，喬志同時也想到肥弟，牠被孤伶伶地遺棄在某個奇怪的行星，永遠沒有機會再見上一面了。

「你為什麼不能現在就告訴我？」喬志雙手不由得緊緊抓住小倉鼠，問：「艾瑞克到底怎麼了？」

「艾瑞克有大麻煩了……。只有你可以救得了他，只有你了，喬志，來找我吧！布奇會帶你找到我的，我時間快到了，記住，你必須立刻出發。喬志，再見了，我在太空等你！」

「瑞普！」喬志對著倉鼠大吼：「瑞普！回來啊！」布奇的眼睛又變成藍色，這下子，喬志知道訊號已經斷了。

「他說什麼？」安妮對著電話大吼。

這時，布奇抖一抖身體，一顆小小的丸子從倉鼠毛茸茸的背後抖出來。

「他說——」喬志拿著電話的手正在顫抖，「我必須去太空跟他見面！」

「可是，是太空的哪裡呢？」安妮大叫。「你要到太空的哪裡跟他碰面呢？」

「他沒有說。他不但沒有跟我說他要去哪裡，也沒跟我說要怎麼去。」

「你再試一次，看看布奇會不會再動起來！」安妮下令。

喬志拿起小倉鼠，輕輕按遍布奇全身，看看毛茸茸的身體底下是不是藏著什麼沒有被找到的開關。布奇依然無動於衷，繼續用空洞的眼神盯著喬志。

「我過去找你。」安妮說。

「不，妳別過來！」喬志連忙阻止：「我沒有時間了。」喬志從鼠籠的地面撿起布奇剛才抖出來的小丸子──是一團皺巴巴的小紙團。喬志把紙團展開，赫然發現是一條細長的紙緞帶，上面寫了一行數字，並且以英文字母 H 的大寫作為結尾。「這裡好像又有另一個訊息……說不定是有關於目的地……」喬志喃喃自語，想起瑞普曾經寫過一封信給艾瑞克，上面也是給了一個遠方行星的座標位置，要艾瑞克自行前往。眼前這一串數字讓喬志想起瑞普上次的詭計──瑞普提供給艾瑞克的那個行星事實上並不存在，他其實是要把艾瑞克引到一個超大質量黑洞裡去。「或許，這就是我可以找到瑞普的地方……」

「可是你要怎麼去？」安妮問：「而且，你怎麼知道不會有危險？說不一定你會掉進黑洞裡面！」

「我得掛電話了。」喬志把電話夾在肩膀和耳朵間，跳下床，

打開壁櫥，找出艾瑞克送他，紀念他們一起在太空旅行的太空衣。

布奇又開始焦躁不安，牠那雙藍色的眼睛逐漸變色。現在，喬志知道這個訊號意味著他得趕緊採取行動。

「我不管，我要過去。」安妮堅決地說：「我今天有騎腳踏車出門，所以很快就會到了。在我到之前，你別輕舉亂動。」

「抱歉，安妮，我沒有時間可以等妳了。」喬志說。

布奇直挺挺地坐了起來，紅色的眼睛一閃一閃的，接著，牠射出兩道細細的光芒，光芒在房間的半空中停留片刻後，開始旋轉，化成一個耀眼的圓圈，有如布奇籠子裡面的倉鼠滾輪。

「喬志！」安妮對著電話大喊：「你不要掛斷！」這時，喬志正費勁地要鑽進太空衣。「你不要一個人去太空！」

「我沒有選擇的餘地！」戴上太空頭盔之前，喬志大聲對著電話喊叫。一旦戴上頭盔，說話就得透過聲音傳輸器，而不能再用正常的音量了。「如果我現在不趕快出發，我們就不知道瑞普究竟要跟我說些什麼！安妮，我必須離開了……」說完，喬志把手機扔在床上。

布奇產生的光圈不斷變大，一個銀色的隧道在光圈外出現了。喬志並沒辦法看出隧道另一頭是什麼。喬志戴上太空頭盔，從氧氣缸深深地吸了一口氣。透過聲音傳輸器，喬志再度聽到瑞普的聲音。

「喬志，」瑞普用尖銳刺耳的聲音下達命令：「喬志，進入銀光隧道。」

「瑞普，你在哪裡？」喬志問，拼命讓自己的聲音聽起來很勇敢，其實心裡頭卻是七上八下。喬志這輩子從來沒有這麼害怕過，血液好像在血管裡凍結了，心臟卻不停地怦怦跳，幾乎要從喉嚨跳出來。

「我在隧道的另一頭等著你呢！」瑞普說：「喬志，沿著隧道走，到我這邊來。」

以往的太空旅行，當穿過宇宙之門時，喬志都可以清清楚楚知道門外通往哪裡，這一次的狀況完全不是這麼一回事，喬志只看到彎曲的銀光隧道不斷地閃爍著，要往哪去卻無從得知。

喬志可以在隧道的另一頭找到什麼呢？另一個平行的宇宙嗎？另一個時空嗎？隧道為什麼是彎曲的，是因為它沿著時空的曲率，通往的神祕目的地遠離地球的重力場嗎？前方等著他的究竟是什麼呢？要找出答案只有一條路。

「如果你想救艾瑞克，」瑞普低聲說：「你必須先經歷這趟旅行，喬志，勇敢跨出第一步。隧道會帶著你找到我的。」

「**喬志！**」安妮的尖叫聲從床上的手機傳來。透過頭盔裡頭的麥克風，喬志仍然可以聽到外頭的風吹草動。「我在這邊也聽到瑞普的聲音！你不要去！」

喬志遲疑了一會兒，聽到電話的那頭傳來另一個聲音——是文森。

「嘿，老兄，」文森說：「你不要單獨行動！那可是很危險的。安妮已經跟我說了宇宙之門以及瑞普的事了。你千萬別做傻事。」

什麼？有沒有搞錯？喬志在心裡忿忿不平地嘀咕，有種被惹火的感覺。文森和安妮兩個人在一起做什麼？當喬志和安妮在講電話的時候，文森全程在旁邊把他們的對話聽得一清二楚？文森也知道宇宙之門、卡斯摩以及瑞普的事了？文森知道那些喬志和安妮發誓不跟別人說的祕密？現在，那個文森，那個空手道冠軍、滑板高手、安妮最新的「麻吉」，竟然跑來告訴**他**應該要怎麼做？

文森認為喬志沒有本事處理眼前的麻煩，是嗎？文森認為喬志沒有那個膽子去救艾瑞克，喬志的良師益友，安妮的爹地？「哼，文森，你等著瞧吧。」喬志自言自語地說：「艾瑞克，就算沒有人會去救你，我也會去把你救回來。」

「地球的朋友們，再見了。」喬志志得意滿地說：「我將離開一陣子，前往太空去了。」

喬志往前踏了一步，進入布奇創造出來的銀色光輪。喬志好像整個人俯衝到水上樂園的滑水道裡頭似的，瞬間被光輪吸進隧道裡面。雙臂在胸前瘋狂揮舞，頭筆

直地穿過銀光隧道，喬志猛然從臥室來到一個未知的地方。

喬志連思考的時間都沒有，以迅雷不及掩耳的速度穿過模糊的光圈，前往宇宙的某個角落，打算跟之前的死對頭碰面。

轉眼間，地球已經遠在身後好幾光年。這時，從太空頭盔裡傳來的回音，喬志聽見安妮的尖叫聲：「不——！」

可是，一切都太遲了。喬志已經不見人影了。

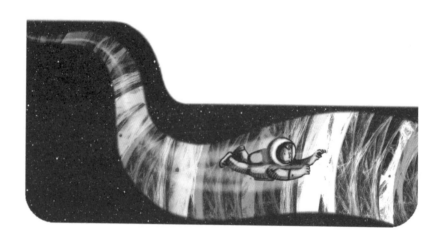

四維時空

當我們想前往地球上的某處時，通常我們只以二維的方式在思考：向北或向南多遠，向東或向西多遠。這就是地圖的原理。我們總是使用二維的方式來指向。例如要開車到某個地方，你只需要往前開（或倒車），或向左（向右）轉。這是因為地球的表面是個二維的空間。

反之，飛機的機師就不能再沿用地表上的思考方式！飛機也可以往上或往下，所以只要它位於地表上方，它就可以改變所在的海拔高度。當機師操控飛機時，「往北」、「往西」或「往上」和飛機所在的位置有關。舉例來說，「往上」指的就是遠離地球的中心，所以飛機是在澳洲的上方或是英國的上方，會有很大的不同。

同樣的道理也可以套用在遠離地球的太空船指揮官身上。指揮官可以任意地選擇她或他想要的參考方向，但無論如何一定是三維，因為我們、我們的地球、我們的太陽以及所有的恆星和星系所存在的空間都是三維的。

空間、時間與相對論

當然，如果我們要去參加某個活動，例如一場派對或是一場球賽，光是知道它將在哪裡舉行是不夠的！我們還要知道它在什麼時候開始。因此宇宙中的任何事件都需要使用四個距離，或者說座標，才能完整地描述這個宇宙和它裡頭發生了些什麼事。我們必須處理一個四維的時空。

相對論

愛因斯坦的特殊相對論告訴我們，即使一個人移動地再快，自然界的定律，特別是光速，都會是相同的。

當兩個人以相對速度運動時，我們可以很容易地看出他們對兩個事件發生之間的距離的認知會不一致：舉例來說，發生在噴射機上同一位置的兩個事件，對地面上的觀察者來說，是發生在相隔一段距離的不同地方（兩個事件發生之間噴射機移動的距離）。所以如果有兩個人他們想測量一束光從機尾到機鼻的速度時，在測量光線從機尾發射到機鼻接收器移動的距離時，兩個人所量到的值將會不同。但如果他們的光速都一樣，正如愛因斯坦理論所預測，由於速度是移動的距離除以移動的時間，所以他們所算出來的時間也會不一致。

這顯示了時間並非如牛頓所認為是絕對的：這表示我們無法為每個事件指定一個對所有人來說都一致的時間。反之，每個人對時間都會有自己的測度，而兩個相對運動中的人所測量出來的時間將會不一致。

藉由把一個非常精確的原子鐘放上飛機繞地球一圈，科學家已經證實了這件事。當原子鐘回到起點時，它所測得的時間比放在原處不動的原子鐘測得的時間短少了一些。這表示你可以藉由不斷地繞地球飛行來延長你的壽命！可惜它的效應不大（每繞一圈相差0.000002秒），而且可能不敵吃太多難吃飛機餐的反效果。

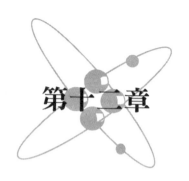

第十二章

　　咻的一聲，喬志從隧道的另一頭飛了出來，他的臉朝下，沿著石頭地面滑行了一會兒。喬志眼前仍然是一片模糊，還沒從銀光隧道的強光中恢復過來。一會兒過後，喬志看到眼前有幾顆星星。當他抬起頭來，訝異地發現千百顆星星，在漆黑的天空下正閃爍著耀眼的光芒。

　　喬志再往上一看，一隻黑色的大靴子映入眼簾，另一隻靴子也緊接著出現。喬志轉身，看到一個穿著黑色太空衣的人影正向他逼近。隔著太空頭盔的深色玻璃，無法一窺黑影人的真面目。不過，這並沒有什麼差別。喬志連看都不用看，就知道來者何人——瑞普，那個百般跟他作對的科學狂人、宇宙浪子。

　　瑞普一身黑，彷彿要融進他身後那一大片黑漆漆的天地。除了光禿禿、表面布滿隕石坑洞的灰色石頭之外，周遭空無一物。喬志試著要站起來，可是，全身的肌肉早因為這趟太空旅行而變得軟弱無力，連要起身都有點吃力。

　　「你現在可以站起來了。我幫你找來了一顆小行星。它的質量夠重，所以你不會飄在半空中的，這你大可放心。」瑞普冷冷地說。

喬志第一次到太空旅行時，他跟安妮降落在一顆彗星上。因為彗星沒有足夠的引力把他們固定在地表，所以他們把自己牢牢地釘在那顆形狀像馬鈴薯的冰石上。彗星大部分是由塵土、冰塊以及結凍的氣體組成的，相較之下，眼前這顆小行星的體積顯得比較大，組成的物質也比較密實，這顆小行星的重力似乎讓喬志穩如泰山。

「我們在哪裡？」喬志納悶地問道，搖搖晃晃地站起身來。

「你沒有看到你熟悉的景象嗎？」瑞普反問：「也沒有看到遠

方有顆藍綠色的行星正等著你去拯救？」

除了星星之外，喬志什麼都沒有看到。隧道的出口已經消失得無影無蹤，想逃離瑞普以及這個奇怪的地方，連門都沒有。

「唉，我也不用問這個，想也知道，你一定不知道答案。」瑞普繼續挖苦喬志：「一旦把你帶出銀河，你就認不出你所居住的星系了。不過，你現在也不是位於地球所在的星系。比起你之前的太空旅行，這裡比之前任何一個地方都還要遙遠。」

「我們現在是在另外一個宇宙嗎？」喬志問：「剛剛那是蟲洞嗎？」

「並不是，」瑞普回答：「這是我最新版本的宇宙之門，我叫它『穿梭門』。你難道不覺得宇宙之門似乎太老派了？艾瑞克老是固守傳統，不知變通。算了，問你也沒用，你跟他是同一掛的。他的理論顛覆了我們對宇宙的認識，我必須承認他的確有兩把刷子，然而，當談論到設計時，宇宙之門的原形竟然是來自他家前面的大門，真是太沒有創意了。言歸正傳，喬志，你看到的是仙女座星系。」

「另一個星系……？」喬志心存敬畏地說。

仙女座星系（Andromeda Galaxy，也稱為M31）是離我們的銀河系最近的大型星系。仙女座星系與銀河系是本星系群（Local Group of Galaxies）中質量最巨大的成員。本星系群中包含40個以上的星系，這些星系都受到彼此重力的影響。

事實上，位於250萬光年外的仙女座星系並不是離我們最近的星系，離我們最近的星系是大犬座矮星系（Canis Major dwarf galaxy），但仙女座星系是尺寸與質量都和銀河系相當的星系中最靠近我們的一個。

根據最近的計算，銀河系擁有較大的質量（連黑暗物質的質量計算在內），但仙女座星系所擁有的恆星數量遠大於銀河系。

仙女座星系和銀河系一樣都呈現螺旋狀。

仙女座星系和銀河系的中心都有個非常巨大的超重質量黑洞（supermassive black hole）。

仙女座星系也和銀河系一樣，擁有衛星星系系統（其中包含至少14個矮星系）。

和大多數星系不同的是，來
自仙女座星系的光會產生藍移
（blue-shifted）。這是因為銀河
系和仙女座星系間的引力克服了宇
宙膨脹的力量（宇宙膨脹會造成星系
彼此遠離），讓仙女座星系以每秒300
公里的速度往銀河系移動。銀河系和仙
女座星系可能會在45億年後發生碰撞並合
併在一起，或者也可能只是交錯而過。星系
之間的碰撞時常發生，例如大犬座矮星系就
正在併入銀河系當中。

「仙女座星系也可以說是我們的鄰居。」瑞普肯定地說，手臂還在胸前激動地揮舞。「如果你願意接受這個比喻的話，這個星系好像是隔壁的房子。宇宙實在是太大了，倒不如把星系看成是鄰居。現在，讓我問你，你注意到什麼了嗎？」

「星星看起來是一樣的……」喬志一個字一個字地說出口。「這顆小行星跟平常的小行星並沒有兩樣。我猜，我們一定是繞著一顆星球的軌道在運轉，所以，我們是在另一個太陽系裡。在銀河裡並沒有多大的差別。」

「的確如此，」瑞普同意：「這一切真叫人嘆為觀止，不是嗎？你如果仔細一看，你會發現沒有兩顆石頭長得一模一樣。沒有任何行星、星球、星系是兩兩相同的。太空的某些區域只有雲氣和暗物質，可是，在其他的地方，你可以發現星球、小行星和行星。你看，真是繽紛哪！這裡離地球有兩百五十萬光年，可是，在這裡看到的景色跟在地球上看到的並沒有多大的差異。這顆小行星有可能是在我們的太陽系裡，而那些星球有可能存在於我們的銀河裡。這裡的差異及變化和我們自己的星系是一模一樣的。喬志，你知道這代表什麼意思嗎？告訴我答案，我就告訴你為什麼我們會在這裡。」

「意思就是，不管是在哪裡，萬物都是以相同的方式形成的，」喬志想起艾瑞克的演講，「相同的材料、相同的規則，然而，因為時間形成的初期造成的微小變動，導致萬物之間產生了些許的差異。」

空間的均勻性(UNIFORMITY IN SPAC

以廣義相對論(General Relativity)描述宇宙時,我們通常會使用到一些假設:

均質性(homogeneity):空間中的每個位置都有同樣的性質

等向性(isotropy):空間中的每個方向看起來都是一樣的

這就導致以下關於宇宙的描述:

● 空間是均勻的

● 宇宙始於大霹靂

● 每個地方都均勻地膨脹

而天文觀測的結果,包括我們從地面上和太空中所看到的宇宙,都與這樣的描述十分吻合。

然而宇宙當然不可能是「完全」均勻的，因為那表示星系、恆星、太陽系、行星以及人類都無法存在。我們必須在均勻的宇宙加上某些由微小漣漪所構成的分布模式來解釋最早的氣體和黑暗物質團是如何開始塌縮的，如此一來物理法則才能夠接手創造出恆星與行星。

由於氣體和黑暗物質在一開始時幾乎是均勻的，而且我們相信每個地方都適用相同的物理定律，因此那些距離遙遠的星系形成應該類似我們的銀河系，擁有恆星、行星、小行星和彗星。

但最初的那些微小漣漪從何而來？目前我們還不是非常地清楚。現有的理論認為這些漣漪是宇宙暴脹期（inflation，暴脹期只占了大霹靂發生後一秒中的極小部分）時，快速膨脹的宇宙放大了量子起伏所造成的。

「完全正確！知道我以前教過的學生多多少少有從課堂上學到一點東西，這可真叫人感到欣慰啊。」

「你把我帶來這裡要幹什麼？」喬志開門見山地問：「你這次又有什麼詭計？」

「請注意你的措辭。我不喜歡你說話的語氣。」這時，瑞普的語氣比較像是學校的老師。

「我不喜歡被一隻發號施令的倉鼠硬生生地丟到太空。」喬志不甘示弱地回答。

「那是當然的，」瑞普連忙說：「我承認這麼做的確有點唐突，可是除此之外，我沒有其他的方法可以聯絡上你。」

「喔，是嗎？」喬志狐疑地問：「你難道沒有在深夜偷偷溜進我家，在我的課本裡留下一張紙條？」

「沒錯，沒錯，那是我幹的。」瑞普回答。他看起來緊張得不尋常，跟之前那個老是對自己的惡言惡行感到得意洋洋的瑞普，簡直是判若兩人。「我那時候試著要引起你的注意。我沒在隔壁找到艾瑞克，只好到你家，給你留下一張紙條。」

「如果事情真的就像你說的那樣重要，你為什麼不直接跟我說？」

「因為我沒辦法。」瑞普悶悶不樂地回答：「我哪裡也不能去，什麼也不能做，換句話說，我整個人被困住了。自從那天晚上溜出去到你家後，我就被盯上了。他們不知道我去找過你，可是，他們知道我出去了，我的離開使他們起疑，這也就是為什麼我必須跟你約在太空見面的原因。太空是唯一安全的地方，可以

讓我們兩個好好談一談。我之前完全沒辦法以地球上的方式跟你聯絡，更不用說要聯絡上艾瑞克了。一旦被他們逮到，我唯一可以阻止他們的機會也跟著毀了。」

「是誰在監控你？」喬志問。

「反萬有引力增加理論學派，他們無所不在。」瑞普一邊說，一邊神色匆匆地東張西望，好像這批人會在仙女座星系某個前不著村、後不著店的角落，飄浮在半空中，經過喬志和瑞普所在的這顆小行星上。「他們是一股看不見的黑勢力，無所不在。」

「我想，你說的是暗物質——已知的宇宙裡有百分之二十三是由肉眼看不見的物質所組成。」喬志說。

「喬志，你說的一點也沒錯。」瑞普對著喬志說，打從心裡贊同他。「他們是人類的暗物質。雖然看不到他們，由於他們對宇宙造成了影響，我們依然可以察覺到他們的存在。」

太陽可真是打從西邊出來了，瑞普說的這番話，似乎句句發自內心——如果他的心肝還沒被狗吃掉的話。

「他們就是出現在艾瑞克演講的那些黑衣人嗎？」喬志繼續問。

「出現在演講的只是一小部分的人。整個組織還有更多人尚未現身，這是一個龐大的網路。我當時也在抗議遊行的現場，只是，我沒辦法靠近你，於是找了一個男孩去警告你，不過，那個男孩並沒有把我的話成功帶到。」

「我就知道！我就知道一定是你！」喬志說：「可是，我還是想不通，我不明白為什麼反萬有引力增加理論學派要這麼做。我

的意思是，如果艾瑞克發現了萬有理論，為什麼會帶來不好的結果？為什麼瞭解宇宙的起源會有危險呢？」

「就你我而言，這是科學的一大進步，可是，對反萬有引力增加理論學派而言，這是致命的打擊。」

「是因為『真空』的緣故嗎？『真空』會帶來什麼影響？」喬志問。

「反萬有引力增加理論學派的領導人並不真的相信大型強子對撞機能把宇宙滅成飛灰。」瑞普對喬志解釋：「他們宣稱大型強子對撞機會摧毀整個宇宙不過是個利用末世論的伎倆，目的在於擾亂人心，好讓人們因為出於恐懼，而加入他們的組織，讓他們的規模逐漸茁壯。真正讓他們害怕的是其他的東西。」

「比如說？」

喬志腳下的小行星順著它的軌道加速前進，繞著一顆非常明

亮、年輕的星球運轉，而這顆星球比太陽晚幾十億年誕生。兩個大約一百公尺長的石塊對撞，產生核子爆炸的能量，並揚起雲狀的煙霧，不斷往外擴散。許許多多的石塊繞著中央的星球，彼此猛烈衝撞，這個年輕的太陽系是個活動激烈的地方。到最後，行星將會形成，並且把所有撞擊產生的殘骸吸得一乾二淨；然而，就目前而言，這裡是一個既混亂又危險的地方。儘管如此，喬志心想，如果是依據瑞普剛才那番言論的邏輯，比起現在的地球，宇宙任何一個地方聽起來都是個比較好的選擇。

「反萬有引力增加理論學派的領導人深信，艾瑞克的實驗最後會產生其他的後果。」瑞普繼續說：「一旦我們發現了萬有理論，他們相信科學家們將可以在許多方面使用這個知識。舉例而言，他們認為有可能可以創造出一種乾淨、便宜，又可以不斷再生的新能源。」

「這說不通啊，誰會不想要這種新能源？」喬志忍不住抬高音量問。

「實不相瞞，我已經偷偷入侵他們的祕密會員檔案，」瑞普解釋：「我是少數幾個可以指認出誰是反萬有引力增加理論學派領導人的證人之一。這些領導人首先是來自於大公司。你想，誰會希望我們繼續使用煤礦、石油、瓦斯或核能，而不要我們尋找其他可再生的新能源呢？反萬有引力增加理論學派這群人認為大型強子對撞機的實驗很有可能在某一天提供另一條線索，讓人類知道如何製造出既乾淨又便宜的能源，而這可不是他們樂意見到的。」

「哼！」喬志不贊同地說：「你是指那些製造溫室氣體，破壞海洋和大氣層的人嗎？」喬志不禁想起身為環保分子的老爸老媽，這些環保分子無不卯足全力，想要保護我們的地球。事實上，這些人也只不過是普普通通的善良小老百姓，想扭轉劣勢，為地球未來的生活盡點心力。然而，要對抗龐大的既得利益者，無疑是小蝦米對大鯨魚。

「不單單只有他們，」瑞普警告：「反萬有引力增加理論學派裡頭還有一群人認為，一旦我們為四個作用力找出一套統一的理論時，戰爭將會消失，因為到最後，大家會明白我們全部都是相同的，我們都是人類這個族類的一部分。這樣的體悟或許有助於提升我們對地球議題的意識，不再競爭資源，而促使富國幫助窮國。」

「這些人難道不想要和平嗎？」喬志納悶地問。

「他們才不管這麼多。這些人靠著銷售武器獲利，導致人們在戰爭中死傷。如果戰爭持續發生，他們可是相當樂見其成。」

「組織裡還有其他人嗎？」喬志問。

「嗯，還有一些占星學家。一旦艾瑞克以及其他的科學家能解釋宇宙的奧祕時，這些人擔心他們的預言會變得一文不值，讓他們再也無法在網路上靠著預知未來賺飽荷包。電視上某位福音傳道士也擔心，如果艾瑞克的理論真的成立了，再也沒有人願意相信耶穌了。也有人因為出於恐懼，他們害怕科學也擔憂科學對未來產生不好的影響，所以加入了反萬有引力增加理論學派。這個組織裡頭甚至還有科學家。」

「科學家？」喬志一臉不敢相信。「他們好端端的，為什麼要加入反萬有引力增加理論學派呢？」

「唉～這就是我的故事了。」瑞普一言難盡地繼續說：「一開始我並沒有真的加入，我滲透進這個組織只是為了要暗中監視他們。我之前就聽說過這個祕密的反科學組織，為了對它有更進一步的瞭解，我成為其中的一員，用了牛頓這位古今最偉大的科學家的名字——**以撒**，作為我的代號。為了獲得他們的接納，我撒了謊，宣稱艾瑞克和我至今仍然勢不兩立。組織裡沒有人知道艾瑞克和我已經前嫌盡釋了，所以就讓我加入了。」

「艾瑞克知道你是反萬有引力增加理論學派的成員嗎？」喬志問。

「不，他並不知情。」瑞普老實招認：「我倒希望他知道，我很希望能讓他知道這群人的陰謀。然而，如果我直接找他，只會

讓他的處境更危險。」

「其他的科學家有誰？」

「這個問題更難回答了。」
瑞普回答：「我們不允許彼此
碰面，只能各做各的，沒有
任何交集。」

「那麼，你的工作
是什麼呢？」

「我的工作是──」
這時瑞普的聲音裡透露
出一絲絲得意：「製造
炸彈！威力十足的智慧
型炸彈。他們要我製造
出一個無法被拆解的炸

彈。你也知道，對絕大部分的炸彈而言，只要剪下炸彈的線路，
就不會被引爆了。然而，反萬有引力增加理論學派想要一個就算
被喀嚓剪斷線路或是輸入代碼，都沒辦法阻止爆炸的東西。」瑞
普連忙地補充：「他們說這只是一個原型，僅供實驗使用。」

「別告訴我你做出這樣一顆炸彈？！」喬志問：「我的意思
是，你沒有真的做了一顆炸彈，然後把這顆炸彈交給一個危險的
反科學祕密組織吧？」

「我當然有成功做出來！」瑞普口氣聽起來很訝異：「我怎麼
可能做出沒用的東西？」

「弄出一個不能爆炸的東西反而是比較容易吧！如果炸彈不能被引爆，這麼一來，所有的問題都解決了！」

「可是我是科學家啊！」瑞普以微弱的聲音申訴著。「我就是沒辦法做出不能用的東西！我一定要弄對，不然，我就沒有資格冠上科學家的頭銜了！如果是那樣，就會……」瑞普的聲音越變越小。

「關於炸彈的事，你最好全盤招來。」喬志耐著性子說。

「那有什麼問題，」頓時，瑞普整個人的精神都來了。「這東西實在是不可思議地！這顆炸彈可以毀掉所有的東西，我絕對不誇張，真的是一切你能想到的東西！」

「好啦！好啦！我知道了。你就繼續老王賣瓜，自賣自誇好了，反正這也不是第一次了。」喬志說。

「不好意思！不好意思！」瑞普趕緊收斂一下。「是這樣的，我用八個開關設計了這顆炸彈。只要在一個數字板上輸入一個代碼就可以啟動開關了。當你按下這八個按鈕，將會產生一組八個狀態的疊加，當全部的開關被啟動之後，倒數計時就會自動開始。」

「這顆炸彈真正了不起的地方在哪裡？」喬志問。

「因為這是一個量子力學的炸彈！」瑞普的語氣聽起來有那麼點自吹自擂，不過，還好只有一點點。「它在引爆器裡面產生了一個不同情況的量子疊加（quantum superposition）。這也意味著，如果有人想要剪斷管線或是關上某個開關來阻止炸彈引爆，他們到最後只會把自己以及其他人一起炸掉。他們的用意就在這

兒——為了防範反萬有引力增加理論學派裡的叛徒，他們想要有一個不能被拆除的炸彈。」

「我還是一頭霧水。」喬志說。

「這樣的設計是要避免使用單一開關來解除引爆。這顆炸彈運用了八個不同開關的量子疊加。除非有人按下某個開關，阻止炸彈引爆，電路才會檢查被關上的開關是不是正確。基本上，引爆器不會決定哪個開關是真正被用到的。到時候，波函數將會任意崩陷到八個不同的可能狀態裡面的其中一個。就算一次把八個開關都按下，炸彈非常有可能會立刻引爆。總而言之，不管你怎麼弄，炸彈就是注定會爆炸。」

「你這麼做有什麼好處？」喬志嚴肅地問。

「因為我要讓全世界的人都知道我聰明絕頂。」瑞普帶著賭氣的口吻回答：「剛開始的時候，他們說這顆炸彈只是實驗性質罷了，沒想到他們真的打算用那害人不淺的東西。」

「那麼，這個無法被拆解的量子力學炸彈在哪裡呢？」

「唉～我真的不知道！」瑞普帶著既慌張又害怕的語氣說：「這就是問題的癥結——炸彈不見了！」

「在哪裡不見的？」

「他們把它拿走了。根據我入侵電腦所看到的資料判斷，不管情況如何，他們真的會使用這顆炸彈。所以，艾瑞克現在在哪裡呢？」

「他現在在大型強子對撞機的實驗區裡……。」喬志慢慢地說出口。現在，整個事情的嚴重性變得異常清楚了。「跟人類利

益科學探究會的會員開會。探究會要求每一位會員都必須出席，全部的人都會聚集在那。」

「就是那裡！」瑞普脫口大叫：「那就是他們要引爆炸彈的地方！他們要用炸彈把對撞機毀掉。事實上，他們不只要毀掉艾瑞克，也要毀掉世界上所有頂尖的物理學家！」

「但……但……但是，他們怎麼知道科學探究會在那裡開會呢？」喬志驚訝地倒抽了一口氣。

「長久以來，我一直懷疑探究會有間諜。」瑞普越說越快：「反萬有引力增加理論學派裡頭一定也有科學探究會的會員。這個人一定是背叛了科學探究會，往反萬有引力增加理論學派靠攏了。」

「而這個人確定不是你，對吧？」喬志態度強硬地問。

「我甚至連科學探究會的會員都沒有了，」瑞普難過地回答：「所以，這個人一定不是我。我的會員資格在好幾年前就被撤銷了，而且，我再也沒有重新入會的機會了。一定是另有其人，一個危險的狠角色。」

「你為什麼要幫艾瑞克呢？」喬志狐疑地問。

「喬志，我知道你對我沒什麼好感。可是，請你相信我，科學是我最在乎的一切。我實在沒辦法眼睜睜地看著好幾世紀以來的研究，毀在一群白癡的手裡。我加入反萬有引力增加理論學派是為了阻止這群貪婪或傲慢的人，這也就是為什麼我在這裡的原因。」

喬志頓時覺得頭昏腦脹，腦子裡一片混亂。瑞普剛才說的都

粒子碰撞

如果粒子間沒有作用力，它們在像大型強子對撞機（LHC）這樣的機器內部發生碰撞後，應該和它們進入對撞機之前沒有兩樣。但是作用力的存在會使基本粒子在碰撞時，因為放出或吸收用來傳遞作用力的規範玻色子（guage boson）而互相影響（甚至變成不同的粒子）。

物理學家利用費曼圖來表示粒子的碰撞。這些圖形可以顯示粒子間散射的可能方式。每張費曼圖都可以描述一部分的碰撞過程，所有的費曼圖加總起來就可以完整地描述一次碰撞。

我們在這裡舉個最簡單的例子：讓兩個電子彼此靠近，交換一個光子後繼續前進。圖中時間的方向是由左至右，波浪狀的線表示光子，而直線則表示電子（標示e）。為了表示光子可能由上至下，也可能由下至上，所以把波浪線畫在垂直方向。

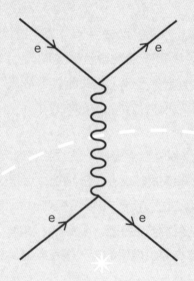

更複雜的費曼圖裡會有一個以上的虛粒子用以描述更複雜的過程。例如下圖就是一張包含兩個虛光子（virtual photon，譯注：虛粒子是一種只存在於極短時間與空間的粒子）和兩個虛電子（virtual electron）的費曼圖：

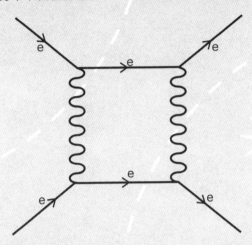

如果想完整地描述每種粒子的反應，就需要無限張的費曼圖。幸好一般而言科學家只需要少數簡單的費曼圖就能夠得出很好的近似結果。這裡有一張描述光子在大型強子對撞機中產生碰撞時可能會發生何種反應的費曼圖，其中的u, d, b表示夸克，g表示膠子。

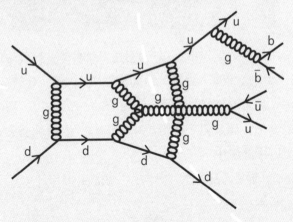

是實話嗎？如果真的是這樣，這可是頭一遭瑞普沒有陰險地要置艾瑞克於死地來報復他，雖然，目前要把艾瑞克摔倒已經是易如反掌的事了。喬志傻楞楞地盯著瑞普，陷入一陣沉思，這時，瑞普開始產生變化，瑞普似乎變得越來越模糊，慢慢地消失在仙女座星系周遭這片漆黑中。

「喬志，」瑞普心急如焚地大喊：「我們的時間不多了，我們

的時間比我原本想的還要少。」

「你怎麼了？」

「你眼睛看到的我不是真正的我。」這時，喬志再也沒辦法看到瑞普的輪廓了，只能看到瑞普閃閃發亮的頭盔及太空靴，經由星光反射照出的小光影。瑞普連珠砲地解釋：「我只是電腦產生出來的人形。這是我唯一可以跟你碰面的方式。當我找不到布奇、艾瑞克或卡斯摩時，我只好闖空門，在你家樓下偷偷放了一個小小的重新路由器。透過這個裝置，我讓布奇把我送來這裡，並且在遠端打開銀光隧道，把你送來這裡。」

「為什麼你不把**你自己**化為人形，送到瑞士去跟他們說明這一切？」喬志高聲抗議：「為什麼這件事要落到**我身**上？」

「我沒辦法去到對撞機的實驗園區去。」瑞普說，聲音開始變得扭曲。「我沒辦法再一次從他們手中成功逃開。」

「那麼，量子力學炸彈要怎麼辦？」喬志憂心忡忡地問。

「是有一個解決之道！我畢竟也不是省油的燈，我做了一次觀測。布奇不是留給你一個代碼……？」

「什麼！？要我使用布奇給的代碼？我要怎麼解除炸彈？」

喬志得到的回覆只有一聲氣若游絲的低語，從頭盔的聲音傳輸器送過來：「喬志……」

隨後，周遭的宇宙再度陷入一片死寂。就在瑞普剛剛站立的地方，銀光隧道再次打開了，把喬志往這道光流拉近。

喬志被扭成一團，並且以無法想像的速度，轉眼間跨過了兩百多萬光年的宇宙，從仙女座星系飛回到地球所在的星系以及由

物質和暗物質所組成的銀河。雖然我們的肉眼看不見這些神祕的暗物質，也不能聽到或感覺到它們，可是，它們卻真實地存在我們周遭。喬志飛行的時候，一個想法閃入腦海——**我去過宇宙的黑暗面了**。喬志自言自語地說：**我也經歷過神祕的邪惡世界了**。

宇宙的黑暗面

我們可以問一個最簡單的問題：這個世界是由什麼組成的？

很久以前，希臘哲學家德膜克利特（Democritus）猜想所有的東西都是由許多不可分割的單元所組成的，稱為「原子」（atoms）。他是對的，而過去兩千年來我們已找到更多的細節。

我們日常生活裡的各種東西都是由92種不同的原子所組成的：也就是週期表上從氫、氦、鋰、鈹、硼、碳、氮、氧等，一直到原子序為92的鈾。植物、動物、岩石、礦物、我們呼吸的空氣以及地球上的所有物質都是由這92種元素構成的。我們也已經知道太陽，太陽系裡的其他行星以及其他遙遠的恆星也同樣由這92種元素所構成。我們非常瞭解原子，而且擅長將它們重組成各種不同的物質，包括我最愛的薯條在內！化學就是一門利用原子來建構各種不同物質的科學，就像積木一樣。

今天我們知道我們的太陽系只是宇宙中的一小部分，宇宙裡有億萬個星系，每個星系都由億萬個恆星和行星所組成。那麼宇宙是由什麼所組成的呢？讓人驚訝的是，雖然我們的太陽系以及其他的恆星與行星都是由原子所組成，但構成宇宙的主要成分並不是原子，而是非常奇特的東西——暗物質

和暗能量，我們對它們的瞭解遠不及原子。

　　先來看些數據：宇宙中原子占了4.5%，暗物質占了22.5%，而暗能量則占了73%。順帶一提：只有大約十分之一的原子是以恆星、行星或生物的型態存在，其他的原子則以氣體（因為太熱而

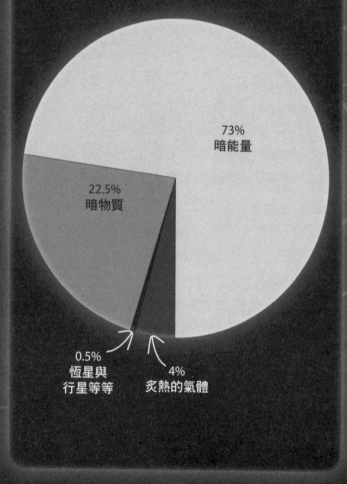

73%
暗能量

22.5%
暗物質

0.5%
恆星與
行星等等

4%
炙熱的氣體

無法形成恆星與行星）的型態存在。

　　讓我們先來談談暗物質。我們怎麼知道它確實在那兒？它是什麼？我們又為何無法在地球或是太陽發現它？

　　我們知道它的確存在，因為它的重力維繫了我們的銀河系、仙女座星系以及宇宙中其他所有大尺度結構的存在。仙女座星系（以及其他所有星系）的可見部分位於暗物質所形成的巨大（約十倍大）圓球的中央，科學家稱其為暗物質暈（dark halo）。少了暗物質的重力，大多數的恆星、星系以及星系中的其他物質都會被甩飛到太空中，那樣的話就不妙了。

　　目前我們還不清楚暗物質到底是由什麼所組成的（和德膜克利特一樣，他提出了原子的想法，但是不知道其中的細節）。以下是我們目前所知的。

　　構成暗物質粒子的成分和構成原子的成分（質子、中子和電子）不同；它是一種新型態的物質！其實不用太驚訝，畢竟我們花了近兩百年才找出所有種類的原子，其間發現了許許多多新的由原子所組成的物質。

　　由於組成暗物質的成分和原子不同，因此它很容易被原子所忽略（反之亦同）。除此之外，暗物質粒子也很容易被其他的暗物質粒子所忽略。物理

學家會這樣說：暗物質粒子和原子以及暗物質粒子間的作用力非常地微弱。因此當我們的銀河系和其他的星系形成時，暗物質仍然維持其巨大而鬆散的暗物質暈型態，而原子則相互碰撞並沉到暗物質暈中心，最後形成幾乎全都由原子所組成的恆星與行星。

暗物質粒子如此「害羞」，以至於恆星、行星以及我們都是由原子而非暗物質所組成。

僅管如此，暗物質仍然充塞在我們四周。在任何時刻下，平均一個茶杯大的空間中會存在一個暗物質粒子。而這正是檢驗這個大膽想法的關鍵。暗物質粒子非常地害羞，但它偶而會在非常非常靈敏的粒子偵測器上留下蹤跡，因此科學家在地底下建造了巨大的偵測器（為了阻絕那些打到地表上的宇宙射線），來看看暗物質暈是否真是由暗物質粒子所組成。

更令人振奮的實驗是嘗試在粒子加速器中，藉由愛因斯坦的著名方程式 $E = mc^2$ 將能量轉換為質量，來創造出新的暗物質粒子。

位於瑞士日內瓦的大強子對撞機（人類製造過最強大的粒子加速器），正試著創造並偵測暗物質粒子。

天上的衛星也嘗試著尋找暗物質暈裡的暗物質

粒子互撞後所可能產生的普通物質（正好和加速器想做的事相反）。

如果這裡頭有一些方法成功了（我希望至少有一項成功），哇！那我們就能確認構成宇宙的除了原子之外還有其他的物質。

接著我們再來談談科學上最大的謎團：暗能量。這是一道巨大的謎題，因此我很肯定大概要留待你們來解決。解開這個謎可能會推翻愛因斯坦的重力理論——廣義相對論。

我們都知道宇宙正在膨脹，從大霹靂以來其尺寸已經不斷地成長了137億年。自從哈伯（Edwin Hubble）在八十幾年前發現宇宙正在膨脹以來，天文學家就希望能測量出膨脹因重力而變慢的情形。重力是讓我們能留在地球上、讓所有的行星能繞著太陽運轉的作用力，就好像自然界裡的太空膠。重力是吸引力，把東西拉在一起，讓地球上射出去的球和火箭變慢，因此宇宙的膨脹應該會因為所有的物質都彼此互相吸引而變慢。

但是天文學家在1998年發現這個簡單而又合乎邏輯的想法大錯特錯。宇宙的膨脹非但沒有變慢，而且還在加速！（這項發現用上了望遠鏡的「時光機功能」：因為光線穿越宇宙抵達我們眼前需要時間，因此當我們觀察遙遠的物體時，看到的

是他們過去的模樣。藉由強大的望遠鏡，包括哈伯太空望遠鏡，科學家發現宇宙在很久以前的膨脹速度比較慢。）

怎麼會這樣呢？根據愛因斯坦的理論，有些東西（比暗物質更奇怪的東西）擁有相斥的重力（相斥的重力指的是把東西互相推開而非把它們拉在一起的重力，這種重力真的很奇妙）。這種「東西」就是暗能量（dark energy），他可能只是單純的量子真空能量（energy of quantum nothingness），也可能是額外的時空維度造成的奇特現象！或者根本沒有什麼暗能量，只是我們需要一個比愛因斯坦的廣義相對論更好的理論。

暗能量之謎之所以如此重要的部分原因是，它掌握了宇宙的命運。暗能量現在正大踩油門，讓宇宙加速膨脹。如果照這樣的速度持續下去，大概在1000億年後太空將會再度變成一片黑暗。

由於我們不瞭解暗能量，因此無法排除未來有一天它突然踩下煞車的可能性，說不定還會減速使得宇宙重新塌縮。

這些挑戰都留待未來科學家，也許就是你，來探索和瞭解。

麥可‧透納

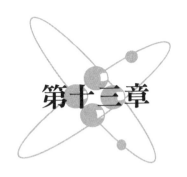

第十三章

　　在大型強子對撞機實驗園區內，艾瑞克正站在主控制室裡面中央電視台的螢幕前方，螢幕這時正顯示著超導環場探測器。超導環場探測器位在洞穴底下一百公尺，是大型強子對撞機實驗園區幾個龐大偵測器中的其中一個。超導環場探測器是目前相同類型探測器中體積最巨大的，可謂是一件異常浩大的工程，相形之下，創造它的人類變得非常渺小。

　　然而，要進入放了加速器的長隧道以及擺著超導環場探測器和其他偵測器的人造洞穴？這可行不通。所有的出入口都被封得死死的，禁止進入。當大型強子對撞機在運轉時，沒有人可以進入這裡的地下設施。

　　根據官方時間表，再過幾個禮拜，官員將舉行剪綵儀式正式宣布這個偉大計畫即將開始。這意味著必須有個總彩排，在實驗啟動之前，科學家們必須縝密地驗證他們的考慮是否周延，評估他們是否可以解決技術上的最後難題。然而，事事進展地非常順利，以致於實驗和現實的狀況幾乎一模一樣。兩質子束已經以一秒超過一萬一千次的速度，以相反的方向旋轉，產生每秒六億次的撞擊，讓超導環場探測器同時讀取撞擊數據。

大型強子對撞機

CERN

CERN的正式名稱是歐洲核子研究委員會（the European Organization for Nuclear Research），它是一個座落於法國與瑞士邊界的國際粒子物理實驗室。

1990年，一位CERN的科學家提姆·柏納李（Tim Berners-Lee）為了讓粒子物理學家方便交換資訊而發明了全球資訊網（World Wide Web），如今全球資訊網已經成為許多人每天使用的工具。

1954年以進行基本粒子研究為目的而設立的CERN，已經有超過五十年的對撞機營運經驗。

1983年，超級質子同步加速器（Super Proton Synchrotron, SPS）讓質子與反質子（質子的反物質）進行對撞而發現了負責傳遞弱核力的W粒子和Z粒子。SPS建於周長七公里的環形隧道中，目前負責提供質子給LHC。

1988年，在經過三年的挖掘後，用來安裝大型電子正子對撞器（Large Electron-Positron collider，LEP）的環狀隧道完工，這條新隧道位於地下100公尺，全長27公里。LEP是用來使電子與正子（正子是電子的反物質）進行對撞。

1998年，用來安裝LHC偵測器的地穴開始動工挖掘。而LEP則在2000年11月關閉，以便在原本的隧道中建造新的對撞機LHC。

2008年9月，LHC第一次全面啟動。

大型強子對撞機（THE LARGE HAD

LHC

LHC是全世界最大的粒子加速器。

LHC在長27公里的環型隧道中放置了兩組質子束管（beam pipe），讓質子束在其中以相反的方向行進，如同巨大的電磁跑道。

儲存環中幾乎所有的氣體都被抽掉，以產生如外太空般的真空，避免質子在行進中碰撞氣體分子。

由於隧道是彎曲的，因此必須藉由1200組以上的強力磁鐵來改變質子行進的方向以避免撞上管壁。這些磁鐵是超導磁鐵，表示它們可以在很小的能量損耗下產生非常巨大的磁場。而超導磁鐵必須以液態氦冷卻到攝氏零下271度，比外太空的溫度還要低！

LHC的核心是地球上最不可能有生命跡象的地方。

整座LHC大概使用了9300組磁鐵

在全速運轉下，質子將會以高於99.99%光速的速度每秒鐘繞行軌道11245圈。質子間每秒鐘最高可產生6億次對撞。

除了質子的對撞實驗之外，LHC也被設計來對撞鉛離子（鉛的原子核）。

網格（The Grid）

以每次碰撞產生1MB的數據來計算，LHC偵測器產出的資料量遠超過最先進的儲存系統所能處理的上限。因此LHC只藉由電腦的演算法篩選出其中最有趣的對撞事件，其餘（超過99%）的數據則加以捨棄。

即使如此，LHC一年之中所產生的對撞數據還是高達1500萬GB（足以塞滿75000部硬碟容量為200GB的個人電腦），這使得儲存和處理這些數據成為一個大問題。特別是需要這些數據的物理學家分散在世界各地。

因此LHC藉由網路，很快地將數據傳送到位於其他國家的電腦進行儲存及運算。這些電腦再加上CERN內部的電腦就形成了遍布全球的大強子對撞機運算網格（LHC Computing Grid）。

大型強子對撞機（THE LARGE HAD

偵測器

LHC中有四部主要的偵測器，分別設置於環狀隧道上不同地點的地穴裡。科學家使用特殊的磁鐵讓質子束在儲存環上四個設有偵測器的點來進行對撞。

超導環場探測器（ATLAS，A Toroidal LHC ApparatuS）是人類建造過最大的粒子偵測器，46公尺長，25公尺高，25公尺寬，重7000噸。ATLAS用來偵測高能對撞後所產生的各種粒子的軌跡，並紀錄它們的能量。

緊湊渺子線圈（CMS，Compact Muon Solenoid）則使用了不同的設計來執行類似於ATLAS的任務（使用兩種不同設計的偵測器有助於驗證新的發現）。CMS長21公尺，寬15公尺，高15公尺，但是比ALTAS更重，重達14000噸。

大型離子對撞器（ALICE，A Large Ion Collider Experiment）是專門設計來偵測鉛離子對撞時所產生的「夸克—膠子電漿」。科學家相信這種電漿曾存在於大霹靂剛發生時。ALICE長26公尺，寬16公尺，高16公尺，重10000噸。

底夸克偵測器（LHCb，Large Hadron Collider-beauty）裡的beauty指的是底夸克（b quark），LHCb就是設計來研究底夸克，希望釐清物質和反物質的差異。LHCb長21公尺，高10公尺，寬13公尺，重5600噸。

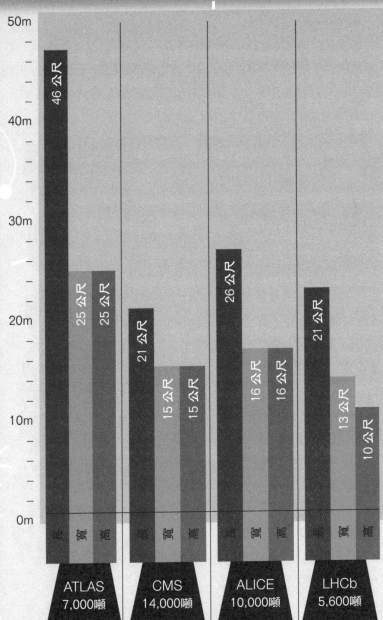

大型強子對撞機

新發現？

粒子物理學的標準模型描述了基本作用力，傳遞這些作用力的粒子，以及三個世代的物質粒子。

但是…

只有4.6%的宇宙是由我們已知的物質所組成。那麼是什麼構成了宇宙的其他部分？是暗物質和暗能量嗎？

為何基本粒子具有質量？希格斯玻色子（一種由標準模型預測出來但至今尚未發現的粒子）可以解釋這個問題。科學家希望能藉由LHC發現希格斯粒子。

為何宇宙中物質的量遠大於反物質？

剛發生大霹靂時，夸克和膠子因為太熱而無法結合成質子和中子，當時的宇宙充滿了一種稱為「夸克—膠子電漿」電漿的物質態。LHC將重現這種電漿態，並以ALICE來進行偵測及研究。科學家希望能藉此更瞭解強核力（strong nuclear force）以及宇宙的演進。

新的理論正嘗試將重力（以及時間和空間）納入已成功地描述了其他作用力以及次原子粒子的量子理論中。其中有些想法認為時空的維度可能不只有四維。LHC進行的對撞實驗可以讓我們有機會發現這些「額外的維度」，如果它們真的存在的話！

　　照道理說來，頂尖的實驗能順利進展應該是艾瑞克快樂的源頭，但艾瑞克得到的竟然是孤獨與寂寞。艾瑞克的同事和朋友都很同情艾瑞克，可是大家的態度卻也顯得相當疏離。除非科學探究會還給艾瑞克清白，否則艾瑞克目前仍是個爭議人物，大夥為了明哲保身，都禮貌性地與他保持距離。

　　然而，比被同儕排擠還要糟糕的事發生了。艾瑞克瞭解到他正和他的工作越離越遠。目前這一輪的實驗是所有的實驗當中撞擊能量最高的，這個準備中的實驗有可能為物理學上的大難題提出答案。艾瑞克突然想到，如果會議的結論是反對他，那麼，他將會被踢出科學探究會，馬上離開，沒有機會親眼目睹自從宇宙大霹靂之後，科學上最重要的時刻了。不管對撞機的實驗結果如何，艾瑞克非常清楚他有可能被禁止取得實驗數據。除非他被復職，再次證明他是個值得信賴又負責的工作伙伴，否則他仍然是個嫌疑犯，一個人孤孤單單地處在科學世界的邊緣。艾瑞克這時不禁反省，他自己現在的情景是不是和多年前的瑞普一樣？當瑞普發現自己被所有的科學家同儕摒除在外，瑞普當年的心情是不是也和艾瑞克此時此刻一樣呢？想到自己未來再也不能從事他最愛的科學研究，艾瑞克的心情不免盪到谷底。

　　這時，艾瑞克的呼叫器嗶嗶響起。**會議確定在今晚七點半，地面下的觸發系統室舉行。**看到這幾個閃爍的字，艾瑞克倒抽了一口氣。該來的還是會來，他的命運到時候就揭曉了。

　　艾瑞克已經等了一段時間了。要把科學探究會所有的成員齊聚一堂比估計的還要花時間。很不幸的，艾瑞克在這個時候也沒

有卡斯摩陪在一旁。早在艾瑞克走出小噴射機，一腳踏上柏油飛機跑道的那一刻，卡斯摩這台超級電腦就被沒收了。逮到艾瑞克和喬志出現在月球上的中國科學家凌博士，已經在機場的跑道等著艾瑞克了。

「艾瑞克，我真的感到非常地抱歉，」凌博士不好意思地說：「麻煩你立刻交出卡斯摩。」大雨傾盆而下，凌博士的眼睛甚至沒辦法直視艾瑞克。

「你們要怎麼處置卡斯摩？」艾瑞克問。

「網哥（grid，網格）和卡斯摩有一場晤談，網哥將會檢閱在你保管的這段期間內，卡斯摩所有的活動紀錄。」凌博士回答。

聽到這話，肥弟的畫面立刻浮上艾瑞克的心頭。如果知道艾瑞克和卡斯摩把一隻豬從農場運送到寧靜的鄉下地方，不知道網哥——這個專門為大型強子對撞機處理實驗數據的龐大電腦網路運算系統會怎麼想呢？網哥又會怎麼看待艾瑞克和喬志最近一次的月球旅行？這還得先撇開艾瑞克本人拖著兩個小毛頭多次到太空旅行的事不談。

網哥是世界上最萬能的電腦之一，可是它跟卡斯摩不一樣。卡斯摩有一項特別的能力是網哥完全缺乏的：卡斯摩有同理心，這個特質讓卡斯摩具有足夠的創意成為世界上最聰明的電腦。網哥標榜的是藉由網路，讓不同的電腦儲存和運算資料，但是，網哥並沒有辦法靈活地迴避自己設下的硬性規則，也不能憑直覺把不同的資料串在一起。在一對一的比賽，艾瑞克知道聰明的小卡斯摩每一次都能以小搏大。即便如此，當看到銀色、袖珍的卡斯

摩被拿走時，艾瑞克不免感到很傷心。

在主控制室等待時，艾瑞克看了時鐘一眼，不久後的會議將決定他的命運，發生的一連串事情仍然讓艾瑞克感到措手不及。月球上的那張照片真的會產生這麼嚴厲的後果嗎？整件事真的有需要勞師動眾，要求科學探究會的全體會員出席這個會議嗎？整件事也未免太小題大作了吧？

一位趾高氣揚的科學家經過艾瑞克身旁，企圖要避開艾瑞克的目光。

艾瑞克把他攔下來，擔心地問：「請問盧魯賓教授有在場嗎？」艾瑞克在心裡盤算著，或許他可以說服昔日恩師，請他對

這件事網開一面。搞不好盧魯賓可以請科學探究會的會員網開一面，但前提是艾瑞克承諾再也不犯同樣的錯誤……？

「盧魯賓？」這位科學家反問：「他不在這。」

「什麼？他走了？」艾瑞克完全傻眼。「可是，我以為他是召開這個會議的主持人！對他而言，如果會議結果是這麼重要，他怎麼會沒有留下來呢？」路過的科學家並沒有停下來回答艾瑞克的問題。他留下艾瑞克一個人陷入自己的思緒。

等等，事有蹊蹺！盧魯賓用一個非常缺乏說服力的理由，以迅雷不及掩耳的速度召開會議，但是，盧魯賓這位理所當然的主持人，竟然突然不見人影？同時，卡斯摩現在還在網哥手上，正被網哥一一檢查。艾瑞克瞬間覺得這整件事非常不合邏輯，這其中有非常說不通的地方。可是，他能怎麼辦呢？

艾瑞克看了手機一眼，手機螢幕一片空白。即便是在主控制室裡，網哥依舊發出強烈的干擾訊號，意味著艾瑞克只能使用內部呼叫器的系統或是對撞機實驗園區的電話網路。不管如何，艾瑞克震驚地發現到：他沒有打電話求救的對象！此時此刻，也唯有喬志是無條件地相信艾瑞克，只有他可以證明艾瑞克的清白。然而，在這個節骨眼把一個小孩子捲入這場讓人不安的困難處境，無疑是自找麻煩。

艾瑞克嘆了一口氣，心想，或許他應該在電池沒電以前先把手機關上。艾瑞克在主控制室裡徘徊了幾分鐘後，覺得真是受夠了。面對同事的敵意和猜疑、工作上無法一展長才、提出的意見不被採納，各種情緒紛紛湧上來，也包括無聊、沮喪……。艾瑞

右圖
風車星系，是我們
銀河系的兩倍大。

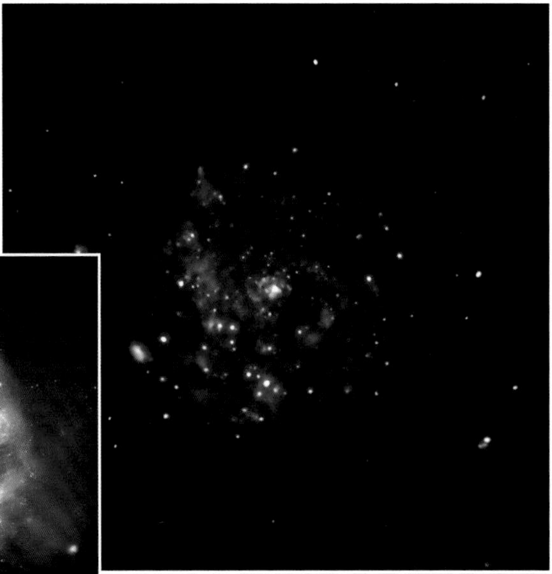

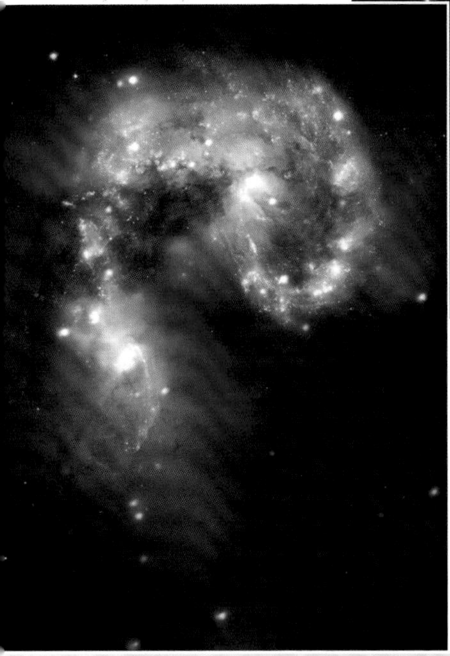

左圖
觸鬚星系：兩個星系對撞的畫面，
距離地球6千2百萬光年遠。

左圖
草帽星系看起來
就像頂帽子，它
的中心被認為有
黑洞存在。

仙女座星系，距離約250萬光年，
左圖顯示出他有兩個核心。

藝術家筆下描繪出我們的銀河系深處的圓拱星團。

渦旋星系（Whirlpool Galaxy）兩個截然不同的面貌。

左邊是我們的銀河系，右邊是宇宙剛形成的緻密的星系，可以看出兩者的相對大小，然而這兩個星系擁有相同數量的星星。

這四個與地球距離各不相同的螺旋星系來看，可以看出螺旋星系的形成過程。

64億光年遠

53億光年遠

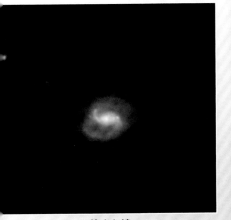

38億光年遠

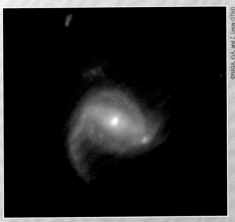

21億光年遠

奇特的漢尼天體（Hanny's Voorweep，荷蘭語）可能是長達30萬光年在螺旋星系的四周延伸的氣體
流，唯一可見的部分。

克決定不管三七二十一，先走出門散散步，好好透個氣再說了。

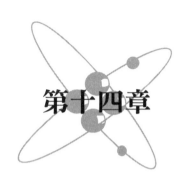

第十四章

　　喬志從銀光隧道衝了出來，肚子首先著地，滑過臥室的地板，氣喘如牛地躺在地上。喬志意識到，如果說剛才在小行星上他並不是自己一個人；同樣的，他在此時此刻也沒有落單。兩雙穿著運動鞋的腳正等著他。喬志翻過身，透過太空頭盔的罩子，看到兩個模糊的臉孔盯著他瞧，兩個人的臉因為弧形的玻璃而扭曲。其中一個人留著金色的瀏海，圓滾滾的藍色眼珠子露出擔憂的眼神。另一個人把黑色的頭髮梳得尖尖的，臉上露出驚恐的表情。

　　「喬志，」個頭比較小的人影搖搖他，輕輕地喚著：「你回來了呀！你真是不應該自己一個去的！」

　　這兩人是誰啊？喬志努力回想他們到底是誰。喬志跟他們似乎見過一次

面,在一個奇怪的夢裡,現在他卻不記得為什麼會認識他們以及怎麼認識他們的。光線在喬志眼前飛舞著,同時,喬志擠盡腦汁跟腦袋裡的思緒奮鬥,思緒在腦袋裡好像變成一朵朵色彩繽紛、千變萬化的雲朵。但在喬志抓住其中任何一個思緒、搞清楚到底發生什麼事之前,這些呼之欲出的想法,早已在腦袋裡蒸發成薄霧了。

高個子的人影抓住喬志戴著太空手套的雙手,奮力把喬志拉了起來,可是喬志連站都站不起來,他整個人軟趴趴的,好像骨頭全散了,肌肉全化成泥了。

「喔,我的天呀!」高個子的人影嘀咕,趁著喬志跌倒在地上之前,連忙抓住他。喬志的眼神無法對焦,忽遠忽近,銀光隧道發出來的強光依然在眼前轉來轉去的。「你從哪裡來的?**那是什麼?**」

隱隱約約地,喬志看到銀光隧道的門又關起來了,在一旁的布奇還是安安靜靜的。對於處在腦殘狀態的喬志而言,這兩件事似乎代表著某種意義。眼前這個高個子的人影一邊抱住喬志,一邊扶著他走到床邊,把還穿著太空衣,背後不舒服地壓著氧氣缸的喬志放下。另一個人解開太空頭盔的帶子,拿下頭盔,並用羽毛毯子的一小角輕輕擦拭著喬志大汗淋漓的臉。

「水!」個子比較小的人影喊著:「拿一點水給他!」

另一個人衝出房間,回來的時候手裡拿著一個馬克杯。「來,把它喝下去。」他滴了幾滴水到喬志的嘴裡。

小個子的人影費勁地脫掉喬志的太空靴。「喬志!是我啊!

我是安妮。」這時，安妮喊到：「文森，快過來幫我！我們必須
把他的太空衣脫掉。」

　　兩人各自抱著一隻靴子，解開靴子的固定帶，用力往前拉。
當喬志的腳丫子瞬間從笨重的太空靴解放出來後，安妮和文森兩
個人不由得往後飛，儘管重重地摔了一下，他們並沒有任何耽
擱。他們急急忙忙爬了起來，奔向喬志。喬志的狀況看起來更糟
了，除了兩頰粉紅色的雀斑，整張臉一片死白。喬志試圖將眼睛
對焦，好看清楚安妮和文森，可是卻又不斷失敗，結果雙眼在眼
窩裡轉來轉去。

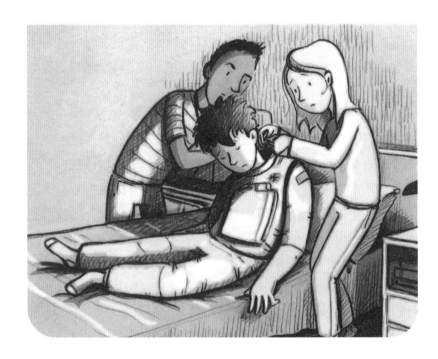

「他怎麼了？」當安妮把喬志扶起來坐直，並且把氧氣缸從喬志的背後卸下來時，文森緊張地問。

「把他的拉鍊拉開。」安妮命令。

文森拉開太空衣的拉鍊，把喬志的手臂拖了出來。文森對喬志說：「站起來。」並且把喬志扶起來，脫下太空衣，露出太空衣底下的 T 恤和牛仔褲。

喬志好像沒有骨頭一樣，整個人癱在文森的手臂上。文森小心翼翼地把喬志放回床上，隨手拿起一件在地上找到的 T 恤，擦擦喬志那張滿是汗珠的臉。

「太空衣！」安妮大叫：「把太空衣給我！」文森把笨重的太空衣扔給安妮。安妮接手後，開始翻起太空衣的口袋，嘀咕著問：「到底在哪裡？」

「他看起來情況不妙，」文森提醒著。「要我叫醫生嗎？」，

安妮抬起頭來，無助地反問：「然後我們要怎麼跟醫生說？難道要說，**我們的朋友從太空回來了，可是他的身體不太對勁**？我們要怎麼解釋他沒有經過允許，擅自通過不安全的入口到外太空旅行？」安妮的聲音歇斯底里地高了八度。這時，綠色的口水從喬志嘴邊流了出來，一直流到下巴。

「快來幫我！」安妮說：「幫我找找看有沒有緊急太空藥水。他們應該在其中一個口袋裡面。」

文森從床上滑下來，拿著太空衣的另外一邊，到處拍一拍，看看會摸到什麼。「是這個嗎？」文森在手臂的口袋裡找到一個小塑膠瓶，瓶身上用櫻桃紅的顏色寫著：**太空救援治療專用！**文

森大聲唸著標籤上的指示：「**需要太空救援嗎？有糟糕的太空經驗嗎？噁心？喪失視力？肌肉無力？落髮？**」文森緊張兮兮地看著喬志。好險，喬志一頭茂密的頭髮還在。

「趕快拿給他吃！」安妮大吼。

「妳之前有吃過嗎？」文森懷疑地問，手抓著瓶子不肯放。

「並沒有，」安妮承認：「爹地之前老是告訴我們，太空旅行後如果身體覺得不舒服，就得服用它。」

文森把塑膠瓶扔給安妮後，注意到喬志痙攣得很嚴重。安妮從小塑膠瓶的噴嘴，輕輕地注射幾滴藥水到喬志的嘴巴裡。琥珀色的液體從喬志失去知覺的嘴唇邊緩緩地流了出來，這時，嘴唇已經變成藍色了。

「拜託，不管是上帝還是菩薩，求求祢讓喬志好起來！」安妮低聲說著，並小心翼翼地再滴幾滴藥水到喬志的嘴巴裡。

「你知道劑量嗎？」文森問安妮。

「放心，沒有問題的。」安妮解釋：「一個瓶子剛好是一份劑量，所以也不會不小心服用過量，爹地是這麼跟我說的。」

這時，喬志的嘴唇開始變成粉紅色，臉色也從死白變成紅潤，回到平常健健康康的膚色，呼吸也逐漸地從急促的喘息恢復到溫和的一呼一吸，而眼皮也因為太空救援的治療藥水生效，而開始上下轉動了起來。

「噢，喬志！」安妮激動得哭了出來，文森走過來給她一個安慰的擁抱。就在這個時候，喬志的眼睛睜開來了。

「我怎麼了……？」喬志含糊不清地問。

一聽到喬志出聲，安妮和文森立刻像彈簧一樣分開，一個箭步衝到床的兩側。

「喬志！你活過來了！」滿臉淚水的安妮親著喬志的臉頰。

喬志的腦袋嗡嗡作響。「安妮……？是妳嗎？」喬志用著顫抖的聲音問。

「當然是我！」安妮開心地回答，並接著補充：「還有文森。我們把你救回來了！你穿著太空衣，從一個看起來很奇怪的隧道回來的。一回來就馬上痙攣。」

「痙攣？」喬志無意識地複述一次。喬志覺得體力已經恢復許多了，於是坐了起來，打量了房間一圈。

「你剛才整個人不斷冒汗，」文森好心地說：「眼神看起來像瘋了一樣。」

喬志躺回床上，閉上眼睛。整件事實在是太詭異了。喬志努力想要回想起剛才究竟發生了什麼事，可是，腦袋裡唯一浮現的畫面就是當喬志從一片錯亂回神時，剛好看到安妮正抱著文森的畫面。

「喬志，」安妮憂心忡忡地問：「你去哪裡了？你到那裡去要做什麼？為什麼沒有跟我們一起，獨自一個人跑去太空了呢？」

「**我們**？」

「是呀，我和文森。」安妮回答，語氣帶著一絲絲不耐煩，感覺好像忘了喬志剛剛才生死逃生。「如果你那時候等我們一下下，我們就會跟你一起去。當你把電話掛上後，我們馬上就趕過來了。」

「你們是怎麼進到屋子裡面來的？」雖然喬志的腦袋還不能回想在太空究竟發生了什麼事，可是，對於應付眼前發生的日常瑣事，還是游刃有餘。

樓下傳來的哭聲立刻回答了他的問題。安妮說：「你媽咪讓我們進來的。」

「她知道太空入口的事嗎？」驚慌之餘，喬志連忙坐起身來。

「沒有，她忙著照顧小嬰兒，他們一直在哭，我才不覺得她有聽到什麼不對勁的聲音呢。」安妮說。

「喏，把這個喝下去。」文森遞給喬志一杯水。

喬志把杯子裡的東西咕嚕咕嚕灌進肚子裡，卻差點吐出來。「這裡面是什麼鬼東西？」喬志帶著噁心的語氣問。

「對不起，」文森說：「我不小心拿到漱口杯了，我隨手一拿，就拿到這個了。」

「加油啊！喬志，」安妮催促著：「你再用力地回想！你跑到哪裡了？還有，你為什麼要去那裡？」

喬志的腦筋瞬間開始動了起來，事情的原委異常鮮明地劃過他的腦袋瓜。

「噢，好厲害的超對稱弦……」喬志借用了愛密特那個電腦天才的口頭禪，不疾不徐地說出口。喬志看著安妮和文森，正思索著該說些什麼。「文森，我可以相信你嗎？」

「我覺得你必須這麼做。」安妮插話，把手臂攬在喬志的肩上，「因為，他剛才什麼都看到了。再說，他也救你一命。喬志，你就老實跟我們說吧！那邊到底發生了什麼事？」

喬志思考了一會兒，解決事情比起他個人觀感重要多了。他自己或許沒有超級喜歡文森，可是這個空手道高手就在眼前，而且，很顯然地，他什麼都知道了。

喬志深深吸了一口氣，對他們說：「我看到瑞普了。」

「所以，他在那邊等著你？」安妮問。

「你們說的就是那個怪咖，對不對？」文森說，伸手拿起喬志的漱口杯，一口把裡面的水喝光。

「嗯，是的。他把我帶去仙女座星系的一顆小行星上。」喬

志說。

「哇！仙女座星系耶！我從來沒有到過那麼遠的地方。」安
妮的語氣聽起來有點嫉妒。

「我強力不推薦它。瑞普的太空入口是沒有經過安全檢查
的。」喬志扮個鬼臉說。

「哇！你真是正港男子漢，老兄。」文森敬佩地說。「我賭你一定吃『鐵牛運功散』長大的。」

「哦，謝了。」喬志受寵若驚地回答。

就在這時候，喬志老媽敲敲門，把頭探進房裡。「我幫你們拿來一些高麗菜和菠菜口味的杯子蛋糕！」說完，把盤子往房間裡遞去。

「謝謝您了，格林比阿姨。」安妮說，迅速地接起盤子，並且擋在門口，一直到黛西整個人消失在樓梯口，被另一個嬰兒生氣的哭嚷聲呼喊過去為止。「這些點心看起來好好吃喔！」黛西走後，安妮忍不住讚嘆。

老是飢腸轆轆的文森發出開心的歡呼聲，毫不客氣地往那盤杯子蛋糕撲過去。當他咬下第一口蛋糕的時候，表情瞬間變得一臉錯愕。

「唉噢，我的媽啊！這是什麼——」滿嘴都是蛋糕的文森大聲嚷嚷。

趁著難聽的評論還沒說出口之前，安妮狠狠地踢了文森一腳。如果只有安妮和喬志兩個人，他們一起揶揄喬志老媽做的點心倒是無傷大雅，可是，換成是文森批評黛西的手藝，這可就不是一件有禮貌的事了。

「我要說的是，這蛋糕實在太神奇，吃了之後好像會產生無窮的精力。」文森腦筋一轉，這麼跟安妮說：「就像我們在空手道冠亞軍爭奪賽之前吃的東西一樣，就是這個意思，難怪喬志那麼猛，原來他都是吃這個長大的。」

「現在幾點了？」喬志問，對於文森灌的迷湯並不加以理會。

「五點六分。」文森看了看手錶後回答。

「什麼！已經五點了！我們沒有多少時間了！等一下，瑞士時間是幾點？」

「六點六分。」文森說。

「好吧，我們動作得快一點了。」喬志快速解釋著：「安妮，你之前跟我提過，科學探究會將會在今天晚上七點半開會。瑞普跟我說過，反萬有引力增加理論學派擁有一顆炸彈，一顆量子力學炸彈。我猜，他們一定是打算在會議開始的時候引爆炸彈，把大型強子對撞機以及實驗園區裡所有的人，炸個粉碎，讓科學發展倒退好幾個世紀。」

「一個量子力學炸彈？」安妮高聲尖叫，一臉幾乎要昏過去的表情，就像幾分鐘前的喬志一樣。「那是什麼鬼東西？」

喬志老實回答：「嗯，我是知道那是什麼玩意，可是，我完全不知道要怎麼把炸彈關掉。」喬志拿起布奇留下來的數字串說：「我們最好把這個東西帶著，我也不是很確定這是什麼東西，可是，它有可能是解除炸彈的代碼，或是解除其中一個炸彈。」

「你憑什麼認為瑞普這次說的是實話？」安妮打算打破沙鍋問到底。

「我們沒辦法百分之百確定，可是，我覺得瑞普這一次是站在我們這邊的，是和艾瑞克同一個陣營的。你還記得當我們在幫肥弟找適合的住處時，我們看到地窖裡有一群很奇怪的人嗎？瑞普打算要阻止大型強子對撞機以及實驗園區的研究人員被這些人炸成碎片。」

「你怎麼可以無緣無故相信瑞普那個怪老頭？」文森也加入討論：「他過去不是老是出賣你，扯你後腿嗎？」

安妮從口袋掏出手機，試著要打電話給她爹地，電話撥不通，甚至要留個語音訊息也不行。

「我真的不知道我們可不可以相信他。」喬志據實以報：「我們的確是在冒險，可是，如果我們什麼都不做，繼續坐以待斃，對撞機非常有可能在今晚科學探究會開會的時候被炸得粉碎。」

「我們該怎麼做，才能及時趕到今晚的會場？我們只有穿過宇宙之門才有可能辦到，可是，卡斯摩現在不在我們身邊！」安妮慌張地驚叫。

「這裡有另外一個去太空的入口。」喬志說。他的腦袋終於想通了，解開了上次從數學系的演講回來以後，那一個一直讓他百思不解的環節。「我知道它在哪裡！」

「在哪裡？」安妮不解地問：「我以為卡斯摩是世界上唯一的超級電腦，呃，除了布奇之外，但布奇不能算是超級電腦，因為它的安全性不夠。」

「妳說的一點也沒錯。」喬志同意：「我們不能再使用布奇了，因為我們不知道該怎麼操作，再說，它創造出來的太空入口

真的是有夠遜。但是，我們的確知道如何使用**新**卡斯摩，也就是說，我們或許可以藉由新卡斯摩，控制**舊**卡斯摩。」

「**舊**卡斯摩……？」

「妳還記得妳爹地的演講嗎？」喬志現在的腦袋可是用光速的速度在運轉了。當時，那位看起來很寒酸的盧魯賓教授也在那裡，就是他要求艾瑞克必須去一趟瑞士。同時，他也是那個下令人類利益科學探究會的全體會員召開緊急會議的人。」

「所以呢？你想要說什麼？」安妮問。

「可是，當我們從數學系離開的時候，盧魯賓並沒有跟在我們後頭，他下樓了，可見他並沒有走出去。」喬志分析。

「所以……？」

「妳爹地曾經跟我們提過，當他還是福克斯大學的學生時，舊卡斯摩——也就是第一台超級電腦，是放在數學系的地下室。那天妳爹地的演講結束後，當我們走出數學系的大門時，我看到盧魯賓往地下室走去。**除此之外**，我看到他戴著一副黃色的眼鏡，跟那副艾瑞克在黑洞找到的眼鏡一模一樣，從眼鏡這個線索看來，一定有某一個人在宇宙旅行時，把東西弄丟了。」

「也就是說，如果沒有超級電腦，你剛才說的那些是不可能辦到的。」安妮接口，終於理解這件事的前因後果了。「所以，你認為舊卡斯摩依然被放在數學系的地下室，盧魯賓一直在使用它……？」

「不對啊！艾瑞克的學生時代已經是幾百萬年前的事了，」文森指出：「那台電腦現在應該已經報廢了。」

「我們這樣推論是沒錯，」喬志同意：「我們的確該認為舊卡斯摩不能運作了。可是，如果它可以使用，如果它可以送盧魯賓去看黑洞，那麼，它也應該可以即時送我們到大型強子對撞機的實驗園區裡面，讓我們解除量子力學炸彈。」

「盧魯賓守著這個祕密要幹嘛？」安妮問。

「妳問倒我了……」喬志的語氣充滿不祥的預感。「不過，我有預感謎底即將揭曉了。走吧！我們要盡快趕到數學系。盧魯賓會去大型強子對撞機實驗園區參加科學探究會的會議，我們可以趁這個時候，試試看舊卡斯摩。」

喬志和安妮砰砰砰地，一次跳過兩節階梯，衝出門，跳上腳踏車，留下文森緊跟在後。「我還是不明白……」安妮的朋友一邊問，一邊跳上他的滑板。「為什麼是數學系？數學跟這些事有什麼關聯？數學難道不是黑板上一堆加加減減的數字罷了嗎？這跟宇宙究竟有啥關係？數學對每個人又有多大的用處呢？」

數學如何幫助我們瞭解宇宙？

在我們的日常生活裡，有些事很簡單，有些事很複雜。我們知道太陽每天都準時升起，但是天氣總是陰晴不定，除非你像我一樣住在亞歷桑納，這裡幾乎天天都溫暖而陽光普照。所以你可以在前一晚設好鬧鐘，知道你會在既定的時間醒來，但如果你事先選好要穿什麼衣服，你可能會發現根本不適合。

那些簡單、規律、可靠的事可以用數字來描述，就像一天有幾個小時或是一年有幾天。我們也可以用數字來描述像是天氣般複雜的事物，例如每日最高溫是幾度，但在這種情況下，數字通常沒有可供依循的模式。

我們的老祖宗在自然中發現了許多模式：除了日夜之外，還有季節、月亮的移動、天空裡的恆星和行星、潮汐的漲落。他們有時使用數字來描述這些模式，有時則使用歌曲或詩句。古代人花了很多心力以數字和模式來描述天體的運行。他們喜歡預測日食，這是一種嚇人但也令人興奮的天象：月球遮蔽了陽光，讓你能在白天看到星星。計算日食發生的時間是件沉重枯燥的工作，而且不一定每次都會對。但是當他們的預測準確時，人們會大為佩服。

以前人們不明白為何自然裡有那麼多的數字和簡單的模式。但是四百年前，開始有人更仔細地研究這些模式。特別是歐洲，人們製作出美麗而精巧的工具來使觀察和測量更加精準。他們有時鐘、日晷和各式各樣用來量測距離、角度和時間的金屬工具。後來他們還有了小型的天文望遠鏡。這些充滿好奇的人們稱自己為自然哲學家（natural philosophers），也就是我們今天所說的科學家。

　　自然哲學家想解開的謎題之一是運動（motion）。一開始，運動好像有兩種：一種是恆星和行星在天上的運動，一種是物體在地球上的運動。每個人都知道當你丟出一顆球，它的運動軌跡是條曲線，而且只要多試幾次就可以發現如果球擲出的速度和角度不變，球的運動軌跡也會是一樣的。

　　當然，我們的老祖宗很清楚運動的物體會遵循簡單可預測的路徑，因為他們依此為生。獵人必需確定當石頭離開彈弓、箭矢離開弓弦時，其運動的方式和昨天沒有兩樣。古時聰明的澳洲原住民會製作扁平的迴力鏢，擲出時，迴力鏢會依循特定的路徑飛行最後繞回投擲者的手中。

　　到了十六世紀，數學不再只有簡單的算數，數學家發展出代數和其他的工具讓自然哲學家能夠以方程式來表示自然中的各種模式，特別是那些與箭

矢和球的軌跡類似的曲線。例如一條簡單的方程式可以表示一個圓，稍微變化之後可以用來表示橢圓，另一個方程式則可以用來描述懸掛在兩根柱子間的繩子曲線。有了這些數學工具，就可以在文字之外，以符號和方程式來描述大量的模式和形狀，寫在紙上印出，供其他的科學家和數學家研究。

這些方程式雖然有用，但它們只描述了自然的模式而未提出解釋。真正的突破是從伽利略（Galileo Galilei）在十七世紀初的義大利所進行的研究開始。每個人都知道東西從高處掉落時速度會越來越快。伽利略想知道的更精確：掉落一秒後速度快了多少？兩秒、三秒…之後呢？速度變化是否遵循特定的模式？他藉由實驗找出了答案——讓東西從高處落下並計時。他讓球滾下斜坡使得事件發生得更慢一些也比較容易處理。然後他以算術和代數處理收集到的數據，最後找出一條能夠正確地描述所有掉落物體如何加速（越來越快）的方程式。

伽利略的方程式很簡單：當一個物體從靜止狀態掉落，其速度和掉落的時間成正比。這表示當一個物體落下兩秒時，其速度正好是它落下一秒時的兩倍。除此之外，如果從高處以某個角度把一個物體拋出，它還是會以同樣的方式落下，但同時間也會往水平方向移動。伽利略的方程式告訴我們物體

掉落的軌跡呈拋物線，這是數學家在研究幾何學時就已經知道的曲線。

而決定性的進展則是英格蘭的牛頓（Isaac Newton），他找出了當球等物體在受到推力或拉力時是如何改變其運動的狀態（加速或減速）。他以一條非常簡單的方程式來描述這樣的行為。

對伽利略的掉落物而言，牽涉到的是重力。無論何時我們都感受得到重力。牛頓認為地球把所有的東西朝地心的方向往下拉，且作用力的大小與物體本身所含的物質量（object contains，也就是質量，mass）成正比。牛頓的方程式將作用力和加速度連結在一起，而且解釋了伽利略的掉落物體方程式。

但這只是個開端。牛頓還認為不只是地球，宇宙裡的所有物體，包括太陽、月亮、行星、恆星甚至是人們，都會依重力彼此拉扯，重力的大小與距離的平方呈反比。簡單說就是，如果離地心（或太陽、月亮）的距離加倍，重力的大小就會變成四分之一；距離變三倍，重力就變成九分之一。

牛頓利用這條方程式和前面那條有關作用力與加速度的方程式，再加上一些很酷的數學工具（其中有些是他發明的），計算出行星和彗星如何因重力而繞著太陽公轉。他也算出了月亮是如何繞著地

球公轉的。而且算出來的數字是對的。不只如此，他算出來的軌道形狀也是正確的！舉例來說天文學家已經知道行星的軌道是橢圓形，而偉大的牛頓用數學證明了它們的確應該是橢圓。不用說，當時每個人都把牛頓視為英雄和天才。政府還因此而指派牛頓負責印製整個英格蘭的鈔票。

牛頓在運動和重力上的研究成果具有更重要的意義，他向我們展示了他的重力方程式和作用力加速度方程式是「自然的法則」。也就是說，這些方程式適用於宇宙的任何角落，而且不隨時間而改變，就像牛頓所信仰的上帝。在牛頓之前，有些人認為球、船、鳥等地球上物體的運動和天體的運動是不相干的。但現在我們知道了他們都遵守同樣的定律。其他科學家「描述」了運動，而牛頓則以數學定律「解釋」了運動。

就實用面而言，這是一項巨大的躍進。因為現在任何人都可以坐下來計算各種物體如何移動，不必離開座位去看到實體。如果你知道砲彈射出的速度和角度，你就可以計算它的落點。你也可以算出要飛離地球不再回來需要加速到多快。有了牛頓簡單的方程式，工程師可以在建造經費還沒著落之前就先把能將太空船上到月球或火星所需的火箭設計出來。

這些都是物理的一部分，物理是一門研究宇宙基本定律的預測科學。物理學家可以藉由他們的方程式預測以往沒人知道的事情，例如未知的行星。海王星是天文學家以牛頓定律計算出他應該在天空的哪個角落後才被發現的，今天我們則使用這些定律來預測繞行其他恆星的行星的存在。

　　很快地，物理學家就把同樣想法套用到其他的作用力，例如電磁作用力，而且這些作用力同樣遵守簡單的數學定律。之後科學家又研究了原子和原子核，而且以方程式成功的解釋它們的行為。所以現在的物理課本裡充滿了許許多多的方程式。

　　有些物理學家對科學是否會以同樣的方式發展下去感到懷疑，或者是否所有的定律和方程式都可以想辦法合併成一條包含了其他所有定律的超級定律。有不少聰明人已經在設法從方程式找出聯結，而且其中有些是正確的。

　　有個著名的例子是十九世紀的蘇格蘭物理學家馬克士威爾（James Clerk Maxwell），他發現描述電和磁的定律可以合併起來，而且從這些方程式解出來的電磁作用力可以產生電磁波。他發現解出來的電磁波速度和光速一致。賓果！他認為那表示光一定也是種電磁波。

　　我們還在繼續追尋能夠結合所有作用力的超級

定律，這件挑戰需要聰明的年輕人把一切事物都兜在一起。

當我還在唸書時，我喜歡上一個叫琳賽的漂亮女孩。有天我正在做一道物理習題。我必須算出（換句話說，預測）用什麼角度把球丟出去可以讓它在一座特定坡度的山丘落下時距離最遠。在圖書館裡琳賽（她主修藝術）就坐在我對面，那感覺不錯，雖然讓我有些緊張。她問我在做什麼，當我描述了一下問題後，她顯得非常地驚訝，「可是你要怎麼在一張紙上寫些東西就知道球會發生什麼事？」當時我覺得這真是一個笨問題，畢竟這是我的作業！但事實上琳賽觸及了一個非常深刻的議題。為何我們可以用簡單的數學定律來描述甚至預測我們身旁發生的事？也就是，為何自然界存在著定律？就算因為某些理由這些自然定律存在，為何它們的形式如此簡單（例如與距離平方成反比的萬有引力定律）？我們可以想像一下某個宇宙充滿了精巧複雜的數學定律，可能連最聰明的數學家都感到棘手。

沒人知道為何我們可以用簡單的數學來解釋宇宙，或是為何人類的大腦剛好足以解決這些問題。或許我們純粹是運氣好？有些人認為創造宇宙的上帝是個數學家，雖然科學家不傾向把什麼都推給上

帝。有沒有可能生命只會誕生在能用簡單數學定律描述的宇宙，所以自然必須是數學的，否則我們根本不會在這裡爭論這個問題？或許宇宙不只有一個，而且各自擁有與我們的宇宙不同的定律，或許有些宇宙根本就沒有定理可言。這些宇宙可能沒有所謂的科學家與數學家。或是相反。

說實話，這是一個謎，而且大多數的科學都不認為擔心這件事是他們工作的一部分。他們只是把自然裡的定律當成真實，然後繼續演算他們的數學。

但我不一樣。我會因此而整晚輾轉難眠。我想要一個答案。但無論宇宙所呈現的簡潔數學是否有個理由，數學和物理之間的關係千絲萬縷，我們永遠都需要可以做實驗的人，也需要可以算數學的人。而且他們應該要持續對話！

保羅・戴維士

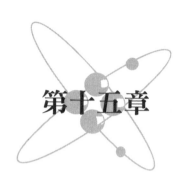

第十五章

喬志和安妮像發了瘋似的狂踩踏板，經過福克斯鎮裡頭好幾個造型獨特的碉堡。文森則是滑著他的滑板，一派優雅地緊跟在旁。福克斯鎮處處可見古老的美麗建築，好幾個世紀以來的學者在此憑空思考偉大的理論，向少數感興趣的世人解釋了宇宙以及它的一切奧妙。

有些學院雖然看起來像碉堡，卻也有其正當性。長久以來，學院在某些時期必須把烏合之眾拒於門外──這些人因為學者提出來的新觀念而感到忿忿不平，萬有引力就是其中一個顯著的例子。地球是繞著太陽運轉，而不是太陽繞著地球運轉。演化論、大霹靂、DNA 的雙螺旋、其他宇宙存有生物的可能性……，這些研究單位都有著非常厚實的圍牆，牆上留著小小的窗戶，保護學院裡的人免於外界不友善的干擾。

安妮、喬志和文森三人飛快地來到數學系的庭院，腳踏車靠著黑色欄杆一扔，三步併作兩步衝上樓梯，往數學系

的入口奔去。大門口的玻璃門在風中輕輕地跟著搖動。當他們衝進走廊的時候，沒有人把他們攔下，迎接他們的只有熟悉的粉筆味和點心的香氣，以及遠方沒鎖緊的茶點手推車發出的叮噹聲。

「不要搭電梯！」當文森正準備按下電梯鈕時，安妮發出噓聲。「那太大聲了！咱們走下去。」

文森把他的寶貝滑板好好地放在走廊上的告示牌下，目光不由自主地轉向張貼活動的廣告上，例如：「雙週期磁單極──3D可積分系統」或是「早期的宇宙──過渡階段！」三個人躡手躡腳地從樓梯走到地下室，喬志領軍，安妮緊跟在喬志後面，文森壓隊。

當他們來到樓梯最底層的那一階，赫然發現地下室透出微弱的燈光。有人竟然已經把燈給打開了！房間裡的一切一目瞭然，說穿了，大房間裡不過堆滿了一大堆不用的雜物，像是老舊的辦公設備、廢棄不用的電腦、壞掉的椅子、裂開的桌子、一箱又一箱的電腦紙。根據破舊牆壁後面電腦發出的呼呼運轉聲，喬志、安妮和文森三個人小心翼翼地穿過這堆亂糟糟的廢棄物。顯而易見地，他們三個人並不是唯一的訪客，除了電腦運轉的聲音，一個非常清楚的人聲傳入耳朵。

「噢，不！」充滿挫折的咆哮傳來。「為什麼？你這該死的笨電腦，為什麼不能照我的意思做你該做的事呢？」

安妮和喬志打頭陣，人高馬大的文森殿後，一行人連大氣都不敢喘一下，悄悄地往前移動。透過這堆凌亂的物品，他們看到一個穿粗花呢西裝的老人，氣急敗壞地操作一台大電腦。這台巨

無霸電腦占據了地下室一整面牆，外觀看起來像是由一格又一格的間隔所組成的老古董，櫥櫃的門以及一大堆機器像疊疊樂一樣，全都堆在一起了。電腦中間是螢幕，老人好像正在觀看裡面播放的影片。螢幕的上半部顯示影像，下半部則是字幕，亮綠色的字體在黑色背景下，以跑馬燈的效果，一行一行地呈現在眼前。

「是盧魯賓教授。」喬志壓低音量，在安妮耳邊說：「他竟然在這裡！他現在應該是在大型強子對撞機實驗園區那兒的。他說那裡會舉行一個會議，人類利益科學探究會的所有會員都要參加，他也是其中的一員，他應該要出席的。」

「他在幹什麼？」換安妮在喬志耳邊悄悄問話。他們興致勃勃地看著盧魯賓把其中一段的影片倒轉回去，在螢幕下半部的字幕也跟著轉回去。盧魯賓接著按下播放扭，影片重新開始播放。影片裡有一個人，看起來像是年輕時候的盧魯賓，他身在一個擠得水洩不通的禮堂裡，站在一台老式投影機前方。

「這就是妳爹地發表演說的演講廳！」喬志對安妮解釋：「那是盧魯賓，他正在福克斯鎮發表演說！」

「他之前做的工作就是我爹地現在做的工作。」安妮低聲說：「他曾經是數學系的教授。」

「搞不好他要把之前的飯碗捧回去。」喬志帶著不屑的語氣低聲說，對於眼前發生的事，一點也不覺得高興。「妳看觀眾席裡面！妳爹地在那裡！」

影片中有一位滿頭黑髮的年輕人，戴著歪了一邊的眼鏡，笑

容可掬地站了起來。

「沒錯，那是爹地！」安妮說，眼淚不由地往下掉。「噢，我的天啊，我簡直不敢相信他曾經那麼年輕過！他在幹什麼？」

舊卡斯摩幫他們回答了這個問題。「盧魯賓教授，您的理論有一個瑕疵！」機械的語音從電腦傳出來，開口的正是年輕時期的艾瑞克。艾瑞克帶著他一貫的風格，就事論事地看著盧魯賓，期待他會對於這番發現感到讚賞。

影片中的盧魯賓什麼都沒說，只是一直露齒微笑，儘管到最後他的臉都已經笑僵了。

艾瑞克繼續用卡斯摩的聲音說：「我已經證明了，您所提議的宇宙模型違反了弱能量條件（weak energy condition）。」

螢幕上，盧魯賓氣得七竅冒煙。

「貝禮司，」舊卡斯摩重複訴說著，字幕也跟著同步顯示：「關於那個你提出來的『大霹靂』理論，聽起來很有意思，可是，要證明它是不可能的。」

「我才不這麼認為！」年輕的艾瑞克駁斥：「最新發現的微波背景輻射（microwave background radiation）提供了直接的證據，支持大霹靂的模型。再說，我堅決相信，有一天我們

一定可以建構出一項偉大的實驗，證明我在福克斯大學和同事一起發展出來的數學理論和現實是並行不悖的。」說到最後一句時，年輕的艾瑞克用著謙虛的手勢向坐在周遭的聽眾表達想法。

真實人生的盧魯賓按下暫停鍵，畫面頓時停格。盧魯彬像吃錯了藥似的，用力地在卡斯摩的鍵盤敲下指令。畫面出現了一個小小的油漆刷，盧魯賓用卡斯摩的滑鼠把油漆刷轉來轉去，只見小油漆刷沒什麼效率地在畫面上亂掃一通，什麼都沒有改變。

「哼！」盧魯賓氣急敗壞地大罵：「為什麼行不通！如果是這

奇點 (SINGULARITIES)

奇點是物理學家在使用數學處理問題時會得到錯得離譜的答案的地點。例如在靠近黑洞中心（黑洞中心就是一種奇點）時，時空的曲率會增加到無限大，使正常的數學法則在中心點處失效（比方說除以零，大家都知道這是不允許的）。

有時物理學計算所做的假設可能會在某個特定的點出錯，而得到奇點。如果我們瞭解其原因就可以調整計算以修正錯誤，使數學能正常地運作，讓奇點消失而得到解答。

但越有趣的奇點通常越難去除，這時就表示我們可能需要一個新理論。舉例來說，黑洞和大霹靂都是在廣義相對論的數學中出現的奇點。或許我們需要一個使用全然不同數學工具的理論來瞭解這些宇宙中的奇點到底發生了什麼事，並得出合理的答案。

這是一個充滿活力的研究領域，科學家希望能找到一個萬有理論來擺脫這些奇點。

大霹靂

時空曲率趨近
無限大

物質的密度趨近
無限大

溫度趨近
無限大

包含了我們四周所見到的一切的
宇宙的空間大小趨近於零

所有時間回溯的路徑都
指向同一個端點

這個奇點又稱為初始奇點（initial singularity），
因為它位於時間之始。

樣，我得試試其他的方法……」

盧魯賓把螢幕上可以看到的文字全都刪掉了，飛速地在鍵盤上打字，插入這幾個字：**並非如此。盧魯粒子的性質正是瞭解四個作用力和創造物質兩者關連的關鍵。我預測任何根據你提議出來的能量尺度進行的實驗，將會以危害生命的爆炸作為收場。這也同時證明我提出的理論——關於基本粒子的本質和宇宙動力學，皆是正確無誤的。**

可是，當盧魯賓一打出竄改的敘述，游標立刻回到原點，把新文字擦掉，自動換上原本的敘述。

「拜託，這可不是電影，而是**過去**發生的事！盧魯賓利用卡斯摩回到過去，看到自己在福克斯鎮發表演講！現在，他竟然還想要改寫歷史，把卡斯摩當成圖畫編輯軟體，用它來改變他曾經說過的話、做過的事呢！」喬志低聲抱怨。

「他這麼做有什麼好處？」安妮問。

「他想要讓事情的進展看起來就像他所預料的樣子。他利用卡斯摩回到過去，改變過去，好讓**他的**理論看起來是正確的；相反的，妳爹地的理論就是錯的了。而且，他還企圖要證明大型強子對撞機將會如他所預測地那樣爆炸。」喬志說。

盧魯賓全神貫注在竄改歷史，完全沒注意到這幾個小鬼頭發出的噪音，就算如此，他的注意力也免不了被喬志的手機鈴聲吸引——星際大戰主題曲的聲音在整個地下室迴盪不已。

喬志的反應也很機靈，他把手機扔在地上，踢給了文森，文森蹲下把手機撈了起來，按下結束通話鍵，並且把鈴聲轉成靜

音。

然而，一切都太遲了，盧魯賓已經知道旁邊有人了。他轉身，先是憤怒，接著連忙換上笑臉，特別是當他看到兩雙眼睛從一堆廢棄物的空隙間狠狠地瞪著他。為了不讓世界上其他的人發現卡斯摩的原型，盧魯賓把堆積如山的廢棄物當成超級電腦的藏身處。

「啊唷，是喬志！」盧魯賓露齒而笑地說：「你看看還有誰啊！是我的朋友，小安妮，我親愛的孩子，到我這邊來！來唷！安妮，當妳還是個小娃兒的時候，我還曾經把妳抱在腿上呢！妳過來我這邊，不用怕！」

喬志和安妮別無選擇，只好硬著頭皮往前走幾步。躲在那些破家具底下的文森明白，盧魯賓似乎不知道他的存在。文森心想，如果他能繼續躲在暗處，他或許可以在安妮和喬志碰上麻煩時，出手幫他們脫困。雖然文森聽不大懂盧魯賓這位老科學家在說些什麼，可是他心裡頭非常清楚，如果有一個人企圖要改變歷史，把黑的變成白的，白的變成黑的，這個人鐵定要加以防範。

盧魯賓帶著輕柔的語氣說：「安妮啊！已經長這麼大囉！長得亭亭玉立囉！一副冰雪聰明的樣子了！能在這裡看到妳真是太好了。可是孩子們，你們為什麼看起來那麼擔心呢？你們為什麼這麼焦慮呢？老教授我能幫你們做什麼呢？親愛的孩子們，來，跟我說，你們可以相信我的！」

喬志偷偷捏了安妮一下，要她閉嘴，可是，安妮並沒有會意過來。安妮已經絕望到谷底了，以致於像抓住浮木一樣，毫不懷

疑地相信任何一個宣稱可以幫她一把的人。「盧魯賓教授……」安妮帶著顫抖的聲音說。

　　盧魯賓摸到身後的電腦，神不知鬼不覺地關掉卡斯摩的螢幕，不讓過去的這段影片繼續播放。

　　「我們必須趕到大型強子對撞機實驗園區那裡，」安妮娓娓道來：「有一場大災難眼看著就要發生了！我們一定要把我爹地救出來！我們想請您用舊卡斯摩把我們送去那裡，好讓我們可以及時趕到，阻止炸彈引爆。」

　　「妳爹地有麻煩了？」假惺惺的盧魯賓表現出一副很關心的

樣子。「炸彈？大型強子對撞機？不，我才不相信！不是艾瑞克，我可以跟妳打包票，絕對⋯⋯」盧魯賓懷疑地看了喬志一眼，聲音變得越來越小聲。

「別再說了⋯⋯」喬志悄悄對安妮說，可是，盧魯彬全聽到了。

「為什麼不呢？」盧魯賓問。「艾瑞克是我的得意門生，如果他需要任何協助，能幫得上忙可是我莫大的榮幸。」盧魯賓深深鞠了一個躬，表現出他真心這麼想。

安妮轉身，失控地對著喬志說：「我們沒有其他選擇了，沒有人可以幫我們！」

「所以，你們要去大型強子對撞機的實驗園區？」盧魯賓把話題一轉，成功避開喬志和安妮的爭執。「那當然沒問題。不用一秒鐘的時間，你們就可以出現在那裡。」盧魯賓在鍵盤上敲下幾個指令，對著超級電腦在空中比劃著一個入口。

「當我把這個門打開的時候，卡斯摩會直接把你們帶到你們要去的地方——直接抵達你們的目的地。安妮，妳今天就要出名了。妳將會解決所有的難題，把所有的事情搞定。」盧魯賓說，同時在心裡頭竊笑。

安妮的眼睛整個為之一亮。終於有這麼一天，**她**可以出頭天了；終於有這麼一次，她可以成為扭轉劣勢、拯救大局的英雄了。這個英雄不再是她爹地，也不是她媽咪，更不是喬志，而是**她自己**！

「好吧，讓我來！」安妮堅決地說：「把我送去大型強子對撞

機的實驗園區！」

「嘖！妳不可以一個人單獨旅行，」盧魯賓搖搖頭，不耐煩地指責，「妳的好朋友必須跟妳一起去。除非妳**和**喬志都去，否則我不能打開卡斯摩，把妳送過去。」

「安妮……」喬志死命地拉著安妮的 T 恤。「不要去！！！這實在說不通！」

「我才不管這麼多咧！」安妮宣布：「盧魯賓教授，請您打開卡斯摩好嗎？把我們——」她轉眼瞪了喬志一眼，「送到瑞士。」

「那太空衣呢？」喬志絕望地問：「我們沒有穿太空衣。」

「你們又沒有要去太空，」盧魯賓帶著討好的語氣說：「幹嘛要太空衣呢？這只不過是個小小的旅行，從一個國家跳到另一個國家。你們只要穿過這道門就行了，」盧魯賓的手已經放在門把上了，「下一秒，你們就會出現在目的地了，我跟你們保證，我對著人類利益科學探究會的誓約發誓，我說的句句屬實。」

「你看吧？」安妮說：「他對著探究會的誓約起誓，那也是你發過的誓、我發過的誓、爹地以及他科學家的朋友們都發過的誓！他不會說謊的，他不會違背這個誓言的！」

「在大部分的情況下，我不會這麼做。」盧魯賓嚴肅地說：「安妮，妳現在仔細聽好。妳就是那位女英雄了……妳將要經過穿梭門去旅行……妳即將反敗為勝，挽救大局。」盧魯賓的聲音變得帶有催眠魔力，安妮的眼睛迅速地眨了幾下，頭也似乎微微傾斜，往旁邊歪去。

喬志瞄了手錶一眼。現在福克斯鎮已經是下午六點了，這意味著瑞士是晚上七點，只剩下三十分鐘，量子炸彈就要引爆了，把大型強子對撞機這個實驗、艾瑞克以及世界上數一數二的科學家全部消滅得一乾二淨。盧魯賓感覺到喬志越來越遲疑，連忙向安妮使眼色，並把穿梭門的門口打開。門外除了黑壓壓的一片，什麼都看不到。

「往前走進去，」盧魯賓堅持地命令：「往前一步，穿過門去，親愛的孩子們！老教授我保證你們會安然無恙的……不會有事的……你們兩個乖巧的好孩子。」

好像是被催眠似的，安妮像夢遊般往前走進黑漆漆的入口，

瞬間消失得無影無蹤。

喬志絕對不能讓安妮單槍匹馬到瑞士去。他不知道她最後會去到哪裡——就算奇蹟發生，她**真的**被送到大型強子對撞機的實

驗園區那裡，她也會因為缺少代碼，沒辦法解除量子力學炸彈。一想到這，喬志連忙跟在安妮後頭。

喬志心想，卡斯摩的原型和新版的卡斯摩之間的差異簡直是天壤之別。舊版的卡斯摩是世界上第一台超級電腦，用起來好像是在駕駛一艘巨大的巡航艇。相較之下，新版的卡斯摩，那個外表光鮮、人性化、愛談天說笑、讓他們愛不釋手的小電腦有如小巧敏捷的快艇。

喬志雙手環抱，往前跨了一步，經過穿梭門的入口。黑暗把他整個人都吞沒了，帶他到一個充滿新發現以及冒險的未知世界。

第十六章

　　置身在一堆大型廢棄物中，文森目前躲藏的位置非常有利，前面發生了什麼事，都無法逃過他的眼睛，其中包括了盧魯賓陰險的嘴臉。儘管文森不能理解盧魯賓說的每一個字，但是他卻看到了安妮一臉衝突矛盾、困惑的表情、喬志氣得臉紅脖子粗的樣子。文森也看到喬志企圖要反抗，可是文森心裡頭也明白，喬志能做的非常少，也只能乖乖就範。

　　文森和喬志一樣，心裡再清楚也不過了，一旦盧魯賓打開了穿梭門的入口，他們將陷入萬劫不復的命運。只有安妮天真地相信，盧魯賓會把他們直接送到大型強子對撞機實驗園區以及艾瑞克的身邊。文森摩拳擦掌，準備跳出目前的藏身處，給盧魯賓一點顏色瞧瞧。一如往常地，在文森開始出手前，他在心裡默默地朗誦著空手道真言：

　　若非自保，捍衛我的身體、我的原則、我的榮譽，我絕不以空手道相待。一旦攸關生死、是非對錯，我將赤手空拳迎向你。

　　沒想到當文森抬頭一看，安妮和喬志竟然都不見了，只剩下盧魯賓那個老頭站在一台冷冰冰的大電腦前狂笑。盧魯賓得意忘形地哈哈大笑，笑到眼淚都滾到他皺巴巴的臉頰上。他拿出一條

燙得平平整整的白手帕，把眼淚擦掉。一直等到他笑夠了，他才再把電腦螢幕打開，不過這一次也把頻道給換了。

文森透過這些廢棄物的空隙，觀察老人的一舉一動。電腦螢幕上可以看到一個房間，房間裡面有兩個小人影在動來動去。文

森盡可能地不發出聲音，慢慢地往前靠近。這時，盧魯賓拿起一個老式麥克風，對著它開始說話。

「喬志和安妮……」盧魯賓說。

喬志和安妮走進舊卡斯摩的入口後，發現眼前伸手不見五指。身後的穿梭門也喀啦一聲，輕輕地關上了。兩個人對於自己現在身在何處一點頭緒也沒有，直到有一束光照進來，照亮周遭的環境，他們才有些線索。有幾秒鐘的時間，他們就瞠目結舌地杵在那兒，一動也不動。他們從來沒有通過宇宙之門以後，抵達一個像這樣的地方。他們太習慣從宇宙之門去到一個重力和地球截然不同的地方，不是飛上某個奇特行星的大氣層，就是拖著沉重的步伐走在地表。前幾次的旅行，穿過卡斯摩的宇宙之門後，他們曾經遇上了黑濛濛的沼氣湖、噴出黏糊糊熔岩的火山、把行星吞噬的沙塵暴，他們甚至也看過兩個太陽的夕陽、爆炸中的黑洞像以快轉播放的方式呈現。然而，眼前的景色跟之前的經驗卻是大相逕庭。

就某個方面來說，這是一個普普通通的房間，所以也很難說為什麼這個房間讓人覺得毛骨悚然。這是一個格局方正的房間，天花板的高度也算正常，裡面擺著一張舒服的沙發椅、一台電視機、幾把舒適的扶手椅、印著圖案的腳踏墊、放了好幾百本硬皮書的書架，書架裡頭的書根據字母順序整整齊齊地排列。

有一隻貓咪慵懶地躺在扶手椅上伸展著身體，發出滿足的呻吟聲。房間裡的窗簾是拉上的，安妮一看到便跑過去，把窗簾拉

開。映入喬志和安妮眼簾的是湛藍的天空，皚皚的白雪堆積在山頭，蓊鬱的冷杉木在較低的斜坡上生長，顏色較暗的積雲則是掛在遠處的山邊。「這裡是哪裡？」安妮問。

「我不知道，」喬志環顧四周後，徐徐地說出口。「可是，我可以跟妳打賭，這裡絕對不是大型強子對撞機的實驗室。」兩個人彼此心照不宣，感受到這個房間非常非常不對勁。

「窗戶外面那座山是阿爾卑斯山嗎？」安妮滿心期待地問：「我們應該把門打開嗎？搞不好對撞機就在附近。」入口在他們身後發出砰的一聲，關起來了，他們反射性地回頭望了一眼。

「那個不會是可以把我們帶回福克斯鎮的門吧？」喬志繼續

說：「我們難道不需要另一道門，好讓我們離開這個鬼地方？」

　　就在這個時候，古董電視機竟然自己動了起來。黑白的訊號掃過螢幕，在訊號後顯示出一個小小的模糊影像，但是傳出來的聲音是喬志和安妮化成灰也不會認錯的──盧魯賓在電視裡，正對著喬志和安妮說話，完全沒意識到文森的存在。

　　「喬志和安妮，」電視螢幕裡的盧魯賓說。

　　「是**盧魯賓**！」安妮驚聲尖叫。盧魯賓往前靠近，遠離地下室裡那些廢棄不用的東西，好讓喬志和安妮看個清清楚楚。對喬志而言，一切都解釋得通了──地窖裡的人聲、盧魯賓戴的黃色眼鏡、新聞廣播裡的聲明、在地下室偷偷使用舊卡斯摩。

　　「原來從頭到尾都是**你**搞的鬼！」喬志對著電視機說：「就是你，你在宇宙到處旅行，把東西留在黑洞裡！**你**就是發明『真空』理論的始作俑者，目的只是為了嚇唬一般民眾，讓他們加入反萬有引力增加理論學派！**你**就是那個背叛人類利益科學探究會的間諜。你今天晚上召開會議，把頂尖的物理學家全聚在一起，好讓你一次把他們全部消滅，到最後只留下你一個人！你想

要改變歷史，好讓你那個被大家遺忘的理論變成是正確的，你要證明大型強子對撞機真的會爆炸！」

「沒錯，你還忘了提到一點，」盧魯賓惹人厭地說：「我成功了！我希望的目標都達成了。不用多久的時間，對撞機會像我所預測地爆炸，世人到時候將永遠記得我這位了不起的科學家！到時候，不管我說什麼都是對的，再也沒有其他的物理學家可以反駁我了，我終於贏了！」

「你才沒有贏！你作弊！」喬志對電視大吼：「你那樣才不算贏，你是個不折不扣的大輸家。」

安妮打斷喬志，把整張臉貼到電視機的螢幕上，對它大叫：「這裡是**哪裡**？你發誓會把我們安全送到大型強子對撞機實驗園區！你發過誓的。」

「喔，不，親愛的，」盧魯賓不懷好意地咯咯笑，「如果妳有豎起耳朵仔細聽，改掉妳驟下結論的壞毛病，妳就能把我說的話聽得比較清楚了。我說的是，你們會安然抵達你們的目的地，事實也的確是如此啊！我從頭到尾都沒有告訴你們目的地是在哪裡。」

安妮衝過去門邊，在門前停了下來。

「安妮，等等！不要把門打開。我們都還不知道開了門會發生什麼事。」喬志對安妮說。

「的確如此，」盧魯賓說：「我親愛的小朋友們，你們現在被困在薛丁格的逆向陷阱裡。真是得來全不費功夫！你們就這樣自己送上門來了。」

「他在說什麼啊？」安妮聽得一頭霧水。

「他的意思是說，」喬志無奈地嘆了一大口氣，「除非我們把門打開，否則我們不會知道我們現在是在哪裡。我們有可能是在任何一個地方，可是，只要門是關著，我們就沒辦法確切知道我們所在的地點。」

「非常好！說得非常好！」盧魯賓讚賞地說。「當門是關起來的時候，你們同時位在無窮多個不同地點，要我給你們看看有多少可能性嗎？」窗外的景色換成某個狹長的遠景，散發出白裡帶黃的熱光。窗外傳來炙熱的強光讓安妮及喬志反射性地往後退了幾步。

「或許，」盧魯賓說：「你們正身處於地球的正中央，也就是地球內核的結晶中心。如果是這樣，你們將會在一個半徑一千五百哩的實心鐵球的正中心，這裡的溫度和太陽表面一樣高，內部的壓力是地球表面的三百五十萬倍。歡迎你們把門打開，千萬別客氣！我比你們還想知道究竟會發生什麼事——你們會被活活熱死，還是會被壓得粉身碎骨？哪一個會先？」

喬志整個下巴都要掉了，心中充滿恐懼地瞪著窗戶。

「你們終於也有無言以對的時候了？」盧魯賓挖苦地說：「那麼，我就繼續咱們的地質學課了。鐵球的外核是液態鐵——順便一提，這一層同樣非常熾熱，液態鐵的外層則是岩石構成的地函，火山的熔岩就是從這一層爆發的。就算你們到得了這一層，你們的血液將會在血管裡冒泡，因為地底下是超乎想像的熱。可是，故事不是到這裡就結束了。從那裡得挖二十五哩的岩石地殼

才能到達地表。當然了，只需要挖個幾哩，你們或許會發現自己已經來到了海底！噢，孩子們！」盧魯賓雙手互扣，幸災樂禍地說：「咱們到時候再來看看你們會變成什麼模樣！」

安妮毫無預警地坐在貓咪身上，貓咪生氣地咆哮，從安妮的屁股底下掙扎出來，占據了沙發另一個角落，慵懶地舔著牠的腳掌，同時發出懾人的目光打量著安妮。

窗戶外的景色又變了。這一次，他們在水面下一個很深的海溝，因為太深了，以致於連陽光都沒辦法穿透海水。藉著房內背後的燈光，他們可以看見彎曲的礁石形成，還有從海床洞口冒出來的一縷黑煙。

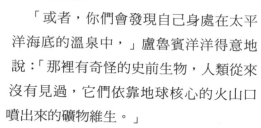

「或者，你們會發現自己身處在太平洋海底的溫泉中，」盧魯賓洋洋得意地說：「那裡有奇怪的史前生物，人類從來沒有見過，它們依靠地球核心的火山口噴出來的礦物維生。」

一條身長比安妮和喬志都還要長的大蟲，直接游向窗邊，猛力的撞上來。長而蒼白的身軀和玻璃擠壓在一起，在驚嚇中退散。

「噢，我的天，牠竟然沒看到我們！」盧魯賓驚叫。「唉，只怪牠沒有眼睛，看不到。瞧，這條大型的管蟲真是個可愛的生物，你們應該會想跟牠一起游個泳，不是嗎？牠的性情非常溫和。」盧魯賓含糊不清地繼續說：「不過，這也不是什麼重點，

畢竟，如果你們還沒被溺死的話，也會被地熱孔發出來的高溫給活活燙死，就這樣。」

喬志在安妮身旁一屁股坐下，一手摟著安妮的肩膀。安妮這時候已經嚇得魂不附體，整個人一直在發抖。「妳不要看，他只是想要嚇唬我們。不要怕喔，不要讓他得逞了。」雖然自己這樣安慰安妮，可是喬志自己並沒有辦法把視線從窗外的景色移開。

「唉，我這樣用心良苦，還是沒有讓你們覺得滿意。」盧魯賓抱歉地說。窗外的景色又變了。這一次，他們看到綿延千里的浮冰塊。「搞不好你們不喜歡溫暖的環境！咱們來試試別的吧。如果你們是在南極，又恰好在冬天這個季節。」強風呼呼地擊打著玻璃，一群企鵝出現了，在凜冽的寒冬中向兩位小訪客點頭鞠躬。

「孩子們，看啊！」樂在其中的盧魯賓接著說：「門的另外一頭有著無限的可能。或許你們會縮小到量子的尺度，這麼一來，你們就知道夸克是什麼了！」

「不可能的，這一切都不可能發生的。」喬志反駁。

「呦，是喔？」盧魯賓回答：「你們難道不會永遠跟三個夸克、無數對夸克－反夸克、還有周邊群集的膠子永遠的束縛在質子裡嗎？困住後要逃出來恐怕比登天還要難。從來沒有人在強子

外面看過夸克，喬志，再沒有人會見到你了——」

「不，」喬志堅持：「你胡說，你說的才不是真的。」

「我就把答案留給你吧！」盧魯賓不理會喬志，繼續說：「實驗是科學的基礎。我很期待看到你提出的實驗結果，可以證明我是錯的。」

「你們通通給我**閉嘴**！我們必須要離開這裡！」安妮大吼。

「我可是求之不得呢！你們一分鐘都不要停留，儘管去把門打開吧！」盧魯賓幸災樂禍地說。

「可是，我們不能這麼做，不是嗎？」安妮絕望地陷進沙發

裡，說：「如果我們把門打開了，我們必死無疑……」

「只是機率的問題罷了，」盧魯賓假惺惺地安慰他們。

「這意味著我們動彈不得了，將永永遠遠被關在這個房間裡……」喬志慢慢地說出口。

「我幫你們準備了很多書，你們可以慢慢看。經典書籍大部分都可以在書架上找到。冰箱裡也幫你們準備了點心。」盧魯賓說。

安妮跳起身打開冰箱門一看，彷彿那邊會有逃生出口。結果

測不準與薛丁格的貓

量子世界是由原子和次原子粒子所組成；而古典世界則是由人類和行星所組成。它們似乎非常的不同：

古典世界	量子世界
●我們可以同時知道某個東西位於何處與它以多快的速度移動。	●我們無法同時確知這兩項資訊，甚至於兩者都不知道——這就是海森堡的測不準原理（Heisenberg's Uncertainty Principle）
●一個球從A點移動到B點時，走的是一條明確的路徑。如果在這兩點間有一道牆，牆上有兩個洞，則球只能從其中一個洞經過。	●粒子走的是從A到B的「所有路徑」，包括那些通過兩個洞的路徑，所有這些路徑合在一起就形成從A點蔓延開來的波函數（wavefunction）。
●我們知道球很明確的往B點前進，並不會前往別的地方。	●波函數可以到達的地方，粒子都可以到達。我們唯有透過觀察才能發現粒子到底在那兒。
●小心地觀察並不會干擾到球的運動。	●觀察行為會徹底地改變波函數，例如若我們在C點上觀察到粒子，就會使波函數完全地崩縮（collapse）到C點上（然後在觀察後再度蔓延開來）。

箱子裡的貓！

但是貓（古典世界的概念）是由原子（量子世界的概念）所組成的。於是薛丁格（Erwin　Schrödinger）想像這樣的一隻貓身上會發生什麼事——請不要拿你的寵物貓來做實驗（薛丁格並沒有真的進行過這樣的實驗）。

他想像有隻貓關在一個箱子裡，這個箱子完全隔絕了光線與聲音，箱子上有個毒氣裝置，一個輻射偵測器跟少量放射性物質。當偵測器發出嗶聲時（因為原子產生了輻射），毒氣就會自動地通到箱子裡。他的問題是，當我們把貓放進箱子一段時間後，牠還是活的嗎？箱子裡的原子（包括貓身上的）有各種可能的變化：某些變化會產生輻射並放出毒氣，但其他的變化則否。因此只有當我們打開箱子觀察時，才知道貓究竟是死是活。在這之前，貓既不是死的也不是活的——在某種程度上，可以把牠看成是同時是死的也是活的！

讓人大為失望，冰箱裡面不過就是一盒早餐麥片、五大條巧克力、一罐上面寫著「貓」的牛奶。

「麥片和巧克力？」安妮抗議。

「完美又充足的瘦身餐，他們一直是我認為最棒的點心了。」盧魯賓冷冷地說：「如果時間比較充裕，我會先詢問妳喜歡吃什麼，但你們兩位來得太匆忙了。」

「這是**你的**房間，對不對？」事實漸漸擺在喬志眼前。「這就是你藏身的地方，當你消失不見時，你就躲在這裡。」

「這裡很寧靜，讓我有時間思考。」盧魯賓承認。

「所以，這裡一定也有可以出去的方法，」喬志指著電視裡的盧魯賓說。「如果**你**可以回到福克斯鎮，那麼，我們也可以辦得到。你到這個房間，不是只為了要賭一賭當你打開門之後人會在哪。我跟你打賭，你之前一定從這個房間，去了大型強子對撞機實驗園區，以及其他地方。你就是用這個方式到處旅行的。」

「嗯，是的，那是當然的！藉著電視遙控器，我可以觀察到入口挑選的確切地點，所以當我把門打開的時候，就可以前往我所指定的目的地。」盧魯賓得意地說。

「遙控器！安妮，我們得找到電視的遙控器！」喬志大聲對安妮說。

「你們就慢慢來，認真找吧。」盧魯賓譏笑著說。盧魯賓在螢幕前揮動一個物品。喬志一看到盧魯賓手裡的電視遙控器，馬上變得像洩了氣的皮球。

「你準備在把我爹地炸掉時，就把我們丟在這裡？」安妮靜

靜地問，彷彿所有的希望都已經破滅了。

「沒錯。」盧魯賓確認。「妳想看什麼節目？如果妳要的話，我可以在電視裡播放給妳看。我非常樂意讓我的小客人感到賓至如歸。」

「我才不要——！」安妮呼天搶地地大叫，連遠在福克斯鎮的文森都可以聽到。是的，該是行動的時刻了，文森心想。

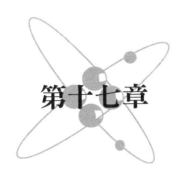

第十七章

　　文森已經在老教授身後等待多時了，他希望能有一點線索，好把喬志和安妮弄出那個陷阱。文森知道，要把盧魯賓這個老人摺倒毫不費吹灰之力，可是**這麼做**一點好處都沒有。如果盧魯賓沒有告訴文森，要怎麼把喬志和安妮救出那個看起來非常詭異的房間，他們將會惹上更多麻煩。

　　文森瞄了喬志的手機一眼，看見手機螢幕顯示有一通從家裡打來的未接來電。當文森聽到安妮痛苦的慘叫時，他知道自己再也不能袖手旁觀了。

　　一切準備就緒後，文森從那一大堆老舊家具後頭，喊著勇士的怒吼，猛然跳了出來。他矯捷地跳到半空中，不偏不倚地落在盧魯賓背後，以快速而準確的空手道切擊將他擊倒。盧魯賓才詫異地轉過身來，就一蹶不振倒在地上，兩眼翻白完全不省人事。

　　從電視的螢幕上，文森看到安妮和喬志一臉吃驚地看著他。

　　「文森！」安妮撲向螢幕，對它猛親。

　　喬志把安妮拉回來，說：「文森！幹得漂亮！」

　　「文森，你真是我的偶像！」安妮說。

　　喬志再次把安妮推開，問說：「可是，我們要怎麼離開這

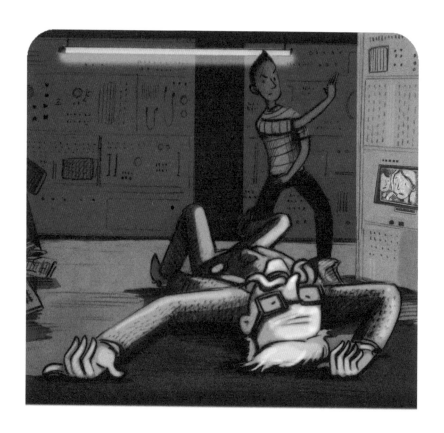

裡，文森？」

　　「打電話給我爹地！」安妮大聲嚷著：「跟他說，大型強子對撞機實驗園區裡面有一顆炸彈！」

　　文森在喬志的手機裡往下搜尋聯絡人，找到艾瑞克後，按下綠色的通話鍵，等著電話被接通。可是得到的卻是系統的自動回覆──該電話已關機，請稍後再撥。

「遙控器！」喬志大聲說：「森哥，去盧魯賓身上找出遙控器！」

文森低頭看著昏迷的盧魯賓，八字鬍垂到一邊的盧魯賓穿著他的粗花呢西裝，四肢攤在地上，呈現一個大字型。文森彎下腰，從盧魯賓的手裡搜出一個遙控器後，把它拿到電視螢幕面前，讓喬志和安妮看一看。

「是這一個嗎？」文森問。

「是的！就是它！現在，你可以把我們弄出去了嗎？」喬志問。

「比如說，呃，該怎麼做？」文森小聲地問：「這東西要怎麼用？」

「該死，我竟然沒有想到這個。老實說，我自己也不知道。」喬志說。

「如果你靠近一點看呢？」文森把遙控器拿到螢幕前，中間沒有留下空隙。

「沒有用的，」喬志挫敗地說：「影像不夠清楚。而且，森哥，」喬志補充：「我們要快一點。時間不多了！」

「打電話到大型強子對撞機的實驗園區裡去！跟他們說有炸彈！」安妮提議。

「別傻了，他們才不會相信呢。」喬志說：「目前只有一個辦法——就是到實驗園區內，靠我們自己來解除炸彈。」螢幕另一頭的文森正盯著遙控器發愁。

「當我在家裡的電視遙控器按下輸入鍵的時候，」文森慢條

斯理地說：「我就可以選擇電視機的功能。我猜，我們大概也要用這種方法處理薛丁格的逆向陷阱。也就是說，我們要把薛丁格的逆向陷阱換成一個通往對撞機實驗園區的出入口。你們要我試試看嗎？」文森緊張地問道。

「你也沒有其他選擇了！這是我們唯一的希望！」喬志催促他。

文森深深地吸了一口氣，按下了輸入鍵。什麼事都沒有發生。他再按一次，卡斯摩的螢幕出現了一張清單，清單的內容跟房間裡那台電視機的主選單一模一樣。文森大聲唸出清單上的第一個選項：「福克斯鎮」，接著，他對著正在薛丁格的逆向陷阱裡等待的喬志和安妮，唸出第二個選項：「大型強子對撞機」。

「這些一定都是盧魯賓去過的地方！如果我們選擇了『大型強子對撞機』，說不定我們就可以直接到他設定炸彈的地方！遙控器上有選取的按鍵嗎？」喬志飛快地下指令：「選『大型強子對撞機』這個項目。」

「哎，我該怎麼辦才好！」文森這時候已經是六神無主了。碰上滑板和空手道這類的危險運動，文森心裡一點恐懼都沒有。可是，要把朋友送到可能有危險的情況，當面對這樣的情形，文森心裡頭卻是七上八下的。「我辦不到！我沒辦法把你們送到瑞士的對撞機實驗園區裡去！我明明知道那邊有炸彈！」

「文森，你就按下去吧！」安妮說，再次把喬志推出螢幕。「你一定要把我們送去瑞士！你如果不這麼做，我爹地將永遠不會回家了——這是瑞普跟我們說的！你越早動手，當我們到達對

撞機實驗園區時，我們就有越多時間把炸彈找出來，並且解除它。森哥，你就按下那個鍵吧！你一按，我們就把門打開，把我們送過去吧！」

文森萬般掙扎地嘆了一口氣，按下選取的按鍵，只見螢幕上的游標停在「大型強子對撞機」這個選項上。

同一時間，喬志傾身向前，把門拉開……。

安妮和喬志的背影消失在門口的影像是文森在電腦螢幕上看到的最後一幕。他是否有正確操作卡斯摩？安妮和喬志他們可以安全抵達大型強子對撞機實驗園區嗎？炸彈即將引爆的實驗園區是他們應該去的地方嗎？他剛才應該把他們弄回福克斯鎮嗎？萬一他按錯鍵，開啟的是一個像蟲洞那樣奇怪的東西，那該怎麼辦？如果他不小心把他們送到比較早的時間點會怎麼樣呢？接下來的那一步又該怎麼做呢？

文森輕輕地在地板上坐下來，雙手抱頭，耐心地等候著。同時，盧魯賓那個十惡不赦的傢伙正躺在一旁打呼。

蟲洞和時光旅行

　　想像一下你是隻螞蟻，你住在一顆蘋果的表面。這顆蘋果吊在天花板上，吊著蘋果的線很細，以至於你無法沿著線往上爬，所以蘋果表面就是你全部的宇宙，你去不了其他的地方。現在想像有隻蟲在蘋果上蛀穿了一個洞。所以你有兩條路可以走到蘋果的另一邊，一個是沿著蘋果的表面（你的宇宙），一個則是沿著捷徑，從蟲洞走過去。

　　我們的宇宙會不會就像是這顆蘋果？會不會也有連結著宇宙不同地方的蟲洞存在？如果有，這些蟲洞看起來會是什麼樣子？

　　蟲洞會有兩個出入口，每邊各一個。一個出入口可能在倫敦的白金漢宮，一個在加州的海灘上。出入口可能是球形的。如果你從倫敦的出入口看過去（就像往水晶球裡看一樣），你可以看到加州的海灘，有拍岸的浪花與搖曳的棕櫚樹。從加州的出入口看過去，你的朋友可能看到你在倫敦，身後是白金漢宮與衛兵。和水晶球不一樣的是，這些出入口不是實心體。你可以走進倫敦的巨大球狀出入口，經過一陣短暫的飄浮，通過一條奇妙的通道，然後抵達加州的海灘，和朋友衝一整天的浪。如果真有這樣的一個蟲洞，不是很棒嗎？

　　蘋果的內部有三個維度（東西、南北和上

下），但是表面只有兩個維度。蟲洞穿過內部的三維空間連接起二維表面上的點。同樣地，蟲洞也是穿過不屬於我們宇宙的四維（或更多維度的）超空間，連接起我們的三維宇宙中的倫敦和加州。

我們的宇宙是由物理定律所支配。這些定律告訴我們宇宙中什麼會發生，什麼不會發生。那這些定律允許蟲洞存在嗎？讓人驚訝的是，答案是肯定的！

不幸的是依照那些物理定律，大多數的蟲洞都會因為快速的崩縮（通道坍陷）而消失，因此沒有人或物能通過它而依然存活。要防止蟲洞消失我們必須在蟲洞裡塞進一種奇特的物質：具有負能量的物質，這種物質可以產生反重力來維持蟲洞的開啟。

擁有負能量的物質會存在嗎？很神奇的是，答案也是肯定的！而且物理實驗室裡每天都會產生這種物質，但是量很少，或是只能存在很短暫的時間。這種物質是向空無一物的空間借用一些能量（也就是向真空借用能量）所產生的。然而當出借者是真空時，借來的能量必須很快地還回去，除非借來的量非常少。我們怎麼知道這些事？我們必須要很仔細地以數學檢查物理定律。

假如你是個卓越的工程師，而且你想要讓蟲洞

保持開啟，有可能把足夠的負能量放進蟲洞，讓它開啟的時間足以讓你的朋友通過嗎？我猜是「不行」，但是地球上沒有人知道確切的答案，我們還不夠聰明。

如果物理定律允許蟲洞保持開啟的狀態，宇宙裡會不會有一些自然存在的蟲洞？機率很小。它們大概非得由工程師人為製造和維持開啟不可。

今天的人類工程師離製造出蟲洞並維持它們的開啟還有多遠？非常、非常地遠。蟲洞科技（如果它真的可行）的難度之於我們，就像太空飛行之於山頂洞人一樣。但是對一個已經掌握蟲洞科技的先進文明來說，蟲洞會非常地好用：它是星際旅行的理想方式。

想像你是個這種先進文明裡的工程師。你在太空船裡擺了一個蟲洞的出入口（一個像水晶球那樣的圓球），高速帶它深入宇宙，然後再回到你的母星。物理定律告訴我們，這趟旅程從太空船上看來、感覺起來和測量起來可能只花了幾天，但是從行星上看來、感覺起來和測量起來可能已經過了好幾年。這樣的結果將會非常地詭異：如果你現在走進太空船裡的蟲洞入口，穿過隧道一樣的蟲洞，然後從行星上的蟲洞出入口出來，你將會回到好幾年前。也就是說，蟲洞變成了回到過去的時光機器！

　　有了這樣的機器，你可以嘗試改變歷史：你可以回到過去，和過去某一天的自己碰面，然後告訴你自己待在家裡，因為如果你在那天出門工作，你會被卡車撞到。

　　霍金認為物理定律會阻止人類製造出時光機，以防止歷史被更改。時序（chronology）的意思是「依事件或日期發生的先後排序」，所以霍金的想法被稱為「時序保護猜想（Chronology Protection Conjecture）。我們無法確定霍金是不是對的，但我們知道物理定律有兩種方式或許可避免時光機被製造出來以保護時序。

第一種方式是物理定律可能會讓最厲害的工程師都無法收集足夠的負能量以維持蟲洞的開啟，並讓我們穿梭其間。霍金已經使用物理定律來證明所有的時光機都需要負能量，因此這項限制可以防止任何時光機被製造出來，而不只是使用蟲洞的時光機。

第二種方法是：我同事和我證明了時光機可能會把自己摧毀掉，也許是當有人想啟動它時所產生的巨大霹靂。物理定律給我們強烈的暗示，但是我們對物理定律和其預測的瞭解仍然不足，因此無法確定是否真的如此。

所以最後的裁決還不明朗。我們不確定物理定律是否容許非常先進的文明建造蟲洞來進行星際旅行，或是製造時光機回到過去。要找到答案必須要比霍金、我或是任何其他的科學家所做的還要更深入來瞭解宇宙的法則。

這是給妳們──下個世代的科學家──的挑戰。

奇普・索恩

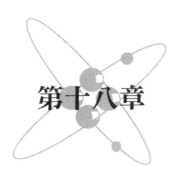

第十八章

　　位於反萬有引力增加理論學派的祕密總部，反對運動的領導人也是眼睛一動也不動地盯著電視螢幕，等著內線消息從大型強子對撞機實驗園區的觸發系統室傳來。

　　「你一定會有興趣的，」其中一位領導人告訴瑞普，瑞普假

裝一副興致勃勃地樣子，完全不敢表達自己真正的感受，深怕反萬有引力增加理論學派發現他已經洩露組織的計畫。「到最後，你會看到你的死對頭艾瑞克‧貝禮司永遠消失在人間！最完美的是，當對撞機被摧毀的時候，一般大眾會以為是實驗太危險的原故，指責艾瑞克低估了對撞機造成的風險。」

「哈哈哈。」瑞普勉強擠出幾聲空洞的笑聲。「這樣的安排實在是太……天衣無縫了……」事實上，瑞普打從心裡希望，上次在高速運轉的小行星上，他和喬志偷偷進行的面談可以或多或少阻撓眼前這個駭人聽聞的陰謀。

時間滴滴答答地過了。在強子對撞機實驗園區召開的會議預計在七點半舉行，現在已經是七點十五分了，觸發系統室裡擠滿了科學家。位於電子地穴的觸發系統室既隱密又牢固，是個開會的好地點。就像加速器隧道以及偵測器地穴，觸發系統室也是位於地底下，可是電子地穴並沒有封死，兩公尺厚的牆壁足以讓觸發系統室內的科學家免受實驗的干擾。

觸發系統室同時也是個安全和隱密的地點，至少，人類利益科學探究會的人這麼相信著。這些人完全不知道這個祕密集會地點已經被人刻意放了針孔攝影機，還一昧地相信，在這個地方，沒有人會看到他們，也不會有人竊聽他們的對話。然而，他們說的每一個字、做的每一個動作，在某個地方正被別人摸得一清二楚。

卡斯摩放在觸發系統室的正中央。和網哥進行冗長的面談後，卡斯摩已經有些磨損了，螢幕也弄得髒兮兮、不太平滑了，

連線路都從後面凸出來。一位科學家走進房裡檢查卡斯摩，看到銀色的筆記型電腦被撞得坑坑洞洞的，不禁搖頭表示心疼。

「貝禮司先生到了嗎？」某個人眼睛盯著螢幕問道。

「不，還沒。」瑞普回答：「貝禮司先生還沒進來。」私底下，瑞普心裡深切地希望，艾瑞克現在正在對撞機實驗園區的某個角落，從喬志那邊得知量子力學炸彈的訊息！

「他最晚在七點四十分之前一定要到那裡。」另一位反萬有引力增加理論學派的領導人憤怒地說：「我到時候一定要把他給炸了！」

時間一分一秒過去了，瑞普緊張地連氣都不敢喘一口。當指針走到七點半的時候，觸發系統室的門砰地一聲被打開了，艾瑞克不疾不徐地走了進來。艾瑞克散完步後，整個人變得相當神清氣爽，他下定決心面對不祥的命運⋯⋯。

就在觸發系統室的隔壁，喬志和安妮爭先恐後地從薛丁格逆向陷阱的門口衝了出去，不料卻把彼此絆倒，狼狽地跌成一團，摔在金屬地板上。

「你離我遠一點！」被壓在喬志底下的安妮尖叫。喬志側身，試著要站起來，不料這時候卻腳麻，只好坐在地上休息一下。

一個龐大的金屬盤籠罩在喬志和安妮眼前。圓盤長得像一個隨手畫出來的太陽，圓圓亮亮的，光芒從位於中央的圓盤散發出來。盤的邊緣是一圈藍色的金屬鑲版，最外圍有幾隻巨大的灰色

管狀手臂往前延伸，彷彿要把整個結構緊緊的包在一起。巨大的機台宛如教堂般屹立著——高聳、寂靜、不容小覷。這種氣氛讓人不由得肅然起敬，只敢壓低音量說話。

喬志搖搖晃晃地站了起來。他和安妮似乎降落在某種平台上。安妮還沒有爬起來，整個人在地上縮成一團。「妳沒事吧？」喬志問。

安妮抬起臉來朝向喬志，雙眼依然緊閉。安妮眨一眨眼，露出湛藍色的眼神，又用力地把眼睛閉上。「嗯，我還好，只是有點像睡覺睡到一半，突然有人把燈打開一樣，你再等我一下下。」安妮說。

喬志左右張望，輕聲地問：「有人在嗎？」話一出口就消失在這個空空蕩蕩的空間，好像聲音被機台吞掉似的。一個混著好幾種奇怪、重複的哨音傳進喬志耳朵。嗶——嗶——嗶——。然而，放眼看去，沒有其他人在場。

喬志沒有注意到的是，當這兩個擅自闖入的小訪客一落腳，一個個小型的動作偵測器立刻注意到他們，馬上開啟警報系統，同時，安檢照相機也把喬志和安妮的影像傳送到對撞機實驗園區裡所有的安檢監視器。厚厚的牆壁嚴密地保護這些精密的機械，以致喬志和安妮完全聽不到警報器發出的提醒：連鎖系統已經啟動，**束集堆**（beam dump）作業即將開啟。束集堆作業表示質子束被推出加速器的儲存環，最後會猛烈地撞進七公尺長的石墨柱，而每一個石墨柱都包在鋼柱裡。喬志和安妮闖空門被偵測到，而且還引發了一連串戲劇化及吵雜的反應，對於這件事，他

們毫不知情。

安妮搖搖欲墜地起身，迅速地眨眨眼睛。「我們是在太空梭上面嗎？」環顧四周後，她小說聲。「這裡是太空梭的引擎室嗎？」

「我不這麼認為。」喬志搖搖頭。「這裡的重力很正常，我們不用氧氣罩也可以正常呼吸。我認為我們在地球上，我們一定是在大型強子對撞機的實驗園區裡面了──這也就表示舊卡斯摩把我們帶到正確的位置了。」

「哇，我們真是太幸運了，」安妮一邊說，一邊往喬志那邊

挪動。每當安妮覺得緊張的時候，就會不由自主地往喬志身上靠過去。「但我們現在要去哪裡？我們要怎麼找到爹地？還有，如果——」

喬志正要回答，安妮突然驚聲尖叫。

「怎麼了？」喬志慌張地問。雖然喬志就在安妮旁邊，喬志並沒有看到什麼恐怖的東西。

「有——有個毛毛的東西——在我腿上！」安妮嚇得倒抽一口氣，連動都不敢動。喬志低頭一看，那隻黑白相間的貓咪也從盧魯賓的惡魔陷阱逃出來了，牠正在安妮的腳踝邊蹭來蹭去。

喬志把貓抱在懷裡。「沒事了，」喬志溫柔地安撫安妮和那隻貓。「不過是盧魯賓的小貓咪罷了，牠一定是一路跟著我們過來的。」喬志搔抓著貓咪，貓咪發出舒服的呼嚕聲，依偎在喬志懷裡。

「你確定這隻貓安全嗎？」安妮已經從驚嚇中回神了，狐疑地問：「搞不好盧魯賓把自己變成一隻貓，跟著我們，去做更邪惡的事？」

「不，我不這麼認為，」喬志說，一邊撫摸著貓咪的毛。「小貓咪現在很友善，我覺得牠跟我們一樣，也很想逃出那個房間，妳來看……」貓咪的下巴掛個一個刻字的圓牌。「上面寫什麼？」

安妮拿起小圓牌，唸著上面的字：「**獎勵！亦生亦死！**」安妮翻面後繼續唸：「**薛弟**——這一定是牠的名字。等等，上面還有其他的字。」較小的字體在上面寫著：「**我是獨行貓**」。

冷不防地，小貓發出嘶吼，生氣地伸出爪子往喬志身上抓，

喬志連忙把牠放開。

「唉呦喂！」喬志慘叫。

「你看吧！」安妮不太高興地說：「從那個房間出來的都不是什麼好東西！」

貓咪優雅地四腳著地，好像芭蕾舞者一樣，用足尖站立著。貓咪抓一抓地板，嘶嘶叫了好幾聲。好像槓上一位看不見的敵人，牠拱起身體，背部的毛全部豎起來，牠氣呼呼地看著喬志，甚至連鬍鬚也跟著在顫抖。然後，轉頭看著其他的地方。

「你怎麼搞的啊！薛弟？」喬志在牠旁邊蹲下來，輕聲問道。

「我覺得這肯定又是另一個花招。」安妮警告。

薛弟往前走了幾步，又轉身走回來，繞著喬志轉了幾次，接著又走開，然後又自己跑回來，不斷地往喬志的方向盯，好像有什麼特別的意義。

「牠要我們跟著牠。」喬志慢條斯理地說。

「你要我們跟著一隻**貓**？」安妮不可置信地問。

「我被一隻會說話的倉鼠送進太空，」喬志就事論事地說：「又被想要把對撞機炸掉的瘋子關在一個詭異的房間，所以，跟一隻貓走又有什麼大不了的？畢竟，牠是盧魯賓的貓。」

「哼，我認為牠是薛丁格的貓。」安妮搶話。

「不管妳怎麼說！牠是一隻有物理慧根的貓——搞不好牠知道什麼內幕。說不定牠在薛丁格的逆向陷阱裡面，從窗戶看到盧魯賓把炸彈藏在強子對撞機的實驗室。再說——」喬志看著眼前這些龐大的機械設備說：「我們現在也沒有其他的線索，也不知道怎麼找到妳爹地，或者是炸彈。」

安妮看看手裡拿的手機，手機收不到訊號，真的是沒輒了。

「如果這裡**就是**大型強子對撞機的實驗室，」喬志繼續說：「看起來也**應該是**這裡，這就意味著我們是在地面下。那個東西，」喬志指著其中一台機械說：「很有可能是偵測器，包圍著質子束發生碰撞的管子。」

「這就是說，我們在地球底下……，就像在地下鐵裡面。」安妮慢慢地說。

「沒錯，我們從一個坑直接跳到另一個坑，只是現在這個坑比上一個坑還要危險個千百倍。可是，我們不會無緣無故到這裡來——卡斯摩把我們帶到大型強子對撞機的實驗室，一個盧魯賓曾經來過的地方，這就意味著炸彈一定離這裡不遠了。」

薛弟又發出嘶嘶的叫聲，不耐煩地抓著地板。大型偵測器的

現場瀰漫著一股詭異的死寂，喬志和安妮的腦袋裡好像聽到炸彈在引爆之前，倒數幾分鐘前發出的滴答滴答聲，在引爆的那一瞬間，摧毀人類史上最偉大的實驗以及在實驗園區裡的眾多人員。

「好吧，我們只好跟著這隻貓走了！」安妮打破沉默。「來唄！薛弟，幫我們帶路吧！」

薛弟舔舔鬍子，對他們露出洋洋得意的微笑，抬高步伐輕快地往平台的邊緣走去。一個藍色的階梯通往樓下去，薛弟在階梯最上層停下腳步，滿臉期待地盯著喬志。

「牠要你抱牠。」安妮幫忙翻譯。

「薛弟，你不能抓我喔！」喬志把貓咪抱進懷裡，砰砰砰地走下樓，安妮踩著重重的步伐，跟在後頭，每踏一步階梯就發出響亮的鏘鏘聲。

來到樓梯底層的時候，薛弟迅速從喬志的懷裡掙脫，優雅地落在地上，偷偷沿著超導環場探測器底下彎曲的那一部分行走。

當喬志和安妮躡手躡腳地跟隨著這隻漂亮的黑白貓時，安妮輕輕地拉著喬志的衣袖，問到：「喬志，如果薛弟不是要帶我們去炸彈那邊，我們接下來該怎麼辦？」

喬志心頭一驚。「妳問倒我了，」喬志承認，同時也盡量讓自己的聲音聽起來很勇敢。「我們會盡全力找到妳爹地，他可以阻止炸彈爆發，他**可以辦到**的，安妮！」

然而，兩人心裡都明白，他們現在位於地底很深的地方，周遭盡是水泥牆、石頭及一層層的金屬機械設備，炸彈如果在他們解除之前引爆，他們成功逃命的機會是零。

兩個人繼續跟著貓咪，來到一個大房間的後面。超導環場探測器巨大的底部籠罩在他們上頭，逐漸彎曲向上，由好幾百萬個零件組成。喬志和安妮目瞪口呆地看著這個人類有史以來規模最大的實驗。

「如果炸彈是在這裡，我們一定找不到。」安妮嘀咕。

一陣絕望襲捲而來，喬志也束手無策了，不過薛弟有辦法。薛弟嘶嘶叫了幾聲，又把爪子彎起來，在安妮的腿上抓來抓去的。儘管安妮穿著牛仔褲，她還是覺得痛。

「唉呦，你這隻該死的貓！」安妮驚叫。

貓咪不為所動，仍然一臉期待地看著喬志和安妮，繼續搖著尾巴，往角落的飲料販賣機走去。喬志和安妮甚至沒注意到這裡有飲料販賣機！一台稀鬆平常的飲料販賣機混在一堆非比尋常的機械設備裡，以致於飲料販賣機好像融進背景去了，幾乎看不出來了。

「薛弟！」安妮抓狂地嚷著：

「我們現在沒有要你喝飲料！我們可是還有其他更重要的事要做！」

喬志仔細檢查飲料販賣機，輕聲細語地說：「安妮，妳有注意到販賣機有什麼不對勁的地方嗎？」

聽了之後，安妮仔細地觀察販賣機。上半部分為好幾個隔間，每個隔間都貼著它要販賣的飲料以及選購的按鈕。飲料選項下面貼著一張紙，有人在上面用手寫了「故障」的標示。

「我從來沒有看過這些牌子，」安妮轉身，對喬志說：「他們才不是什麼真的飲料呢！你看看，夸克歐！黏膠膠！豆微中！這些是什麼鬼東西？而且，上面明明寫著「故障」，可是燈還是亮著的。」

喬志很快數了一下。「一共有八個。」喬志嚴肅地說：「這裡有八種飲料可以選。瑞普之前曾經說過，炸彈有八個開關。」安妮訝異地倒抽一口涼氣，緊張地問：「炸彈在販賣機裡面，對不對？那麼，我們得選擇正確的飲料來解除炸彈了。」

喬志拿出布奇好心留給他的紙團，裡面寫著一長串數字代碼，說：「在這兒！這個就是啟動炸彈開關的代碼，你可以用這個代碼來啟動或是解除炸彈。然而，量子疊加指的是這八個開關全部都被拿來啟動炸彈，可是，其中只有一個可以解除炸彈，我們不知道它將會是哪一個。」

「所以，如果我們按下錯誤的飲料鈕，炸彈就會爆炸，是嗎？」安妮問。

「沒錯，但除非我們按下去，否則我們完全沒辦法知道哪一

種飲料是正確的，哪一種是錯的。但瑞普說他在炸彈上面動手腳，所以可以把它關掉，他說他已經觀察過了……」喬志說。

故障！維修中！

「如果他有觀察過了，」安妮迅速地想出結論，「這就意味著他已經知道要用哪一個口味的飲料，量子疊加這個東西才不會發生。瑞普一定知道哪一個開關可以解除炸彈，讓布奇給你代碼去啟動開關……」

「我們只要選擇正確的飲料就好了，就這麼簡單。」喬志說。

「就這麼簡單……」安妮隨口附和著，目不轉睛地盯著販賣機裡的飲料，接著，她往前走一步。

「不要碰到販賣機。」喬志連忙警告：「我們不知道它有沒有陷阱。」

「放心，我不會碰到它，可是，我們必須選出……你看！」

投幣孔下有一個投幣金額的顯示器，可是顯示器上卻是二位數字，正在快速地倒數著──八十瞬間跳到七十九。「我賭這個數字一定是炸彈爆炸的倒數秒數。」安妮說：「所以，我們必須選個什麼東西──而且，要快一點，不然炸彈要爆炸了。如果我們一次把八個開關全部都按下去，會發生什麼事嗎？這行得通嗎？」

「嗯，不行，」喬志說：「因為它是飲料販賣機，自動販賣機都很聰明！你想想，就算是一般的販賣機，一次也只能按一個按鈕，買到一種飲料，一次只能做一個選擇，所以，我們現在也不可以按下好幾個按鈕。」

「可是，我們應該按那個鈕呢？」安妮問。

喬志深深地吸了一口氣，唸著第一排飲料的名字。「**威力、夸克歐、黏膠膠、冰光光、豆微中、電猛牛、希喜、檸檬陶。**」顯示器上的時間飛快地跳動，現在只剩下倒數六十秒了。喬志低頭看著薛弟，問牠：「你有什麼好主意嗎？」貓咪難過地搖搖頭，好像在說牠已經盡力了。牠捲起身依偎在喬志的腳邊，開始清洗自己的鬍鬚。「安妮？」喬志滿懷希望地問。

「其中的一個……，」安妮喃喃自語：「一定是最奇怪的那

個……其中有一個一定是被瑞普拿來做量子觀察的，好讓炸彈只能從八個代碼中選一個。問題是，究竟是哪一個呢？」

「這些飲料分別代表不同的粒子。」喬志自言自語：「W 和 Z 玻色子……夸克……膠子、光子、微中子、電子、希格斯粒子和陶子，到底是哪一個啊？」突然間，喬志靈光乍現。「我知道了！！！是希格斯粒子！也就是希喜這個飲料，這一個跟其他的都不一樣。」

「你確定嗎？」安妮問。這時，顯示器上離炸彈爆炸的時間只剩三十秒了。

在船底座星雲裡頭，由星際氣體與塵埃組成的柱狀結構。

上：由可見光呈現的景象，
　　以不同的顏色來表示不
　　同的氣體。

下：由紅外線呈現的景象，
　　以不同的顏色來表現不
　　同的波長。

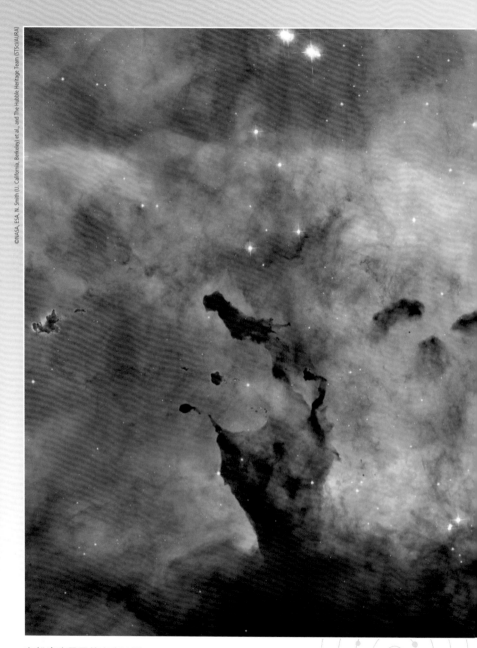

在船底座星雲的宇宙冰雕

老鷹星雲

月星雲

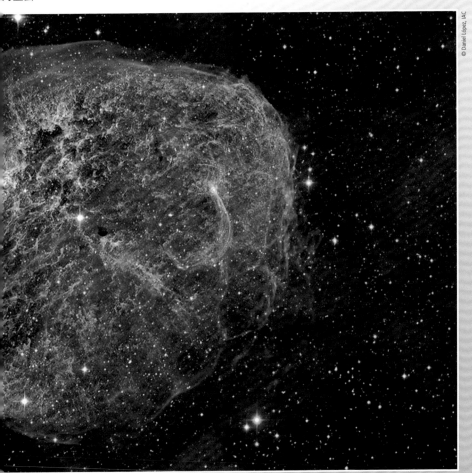

獵戶座裡的星星培育場

星際蘑菇雲，驚天動地的超新星爆炸，氣體擴展到太空。

「是希格斯（Higgs）沒錯，」喬志很快地回答：「這是唯一的**理論**粒子，至於其他的粒子，我們都知道他們，也已經用實驗證實他們的確存在。可是，我們不知道希格斯粒子是不是真的存在，還是它只是一套物理理論，可以合理解釋我們無法證明的知識。」

「按下它吧！」安妮催促著：「快點按！喬志，就是**現在**！再晚就來不及了！」

喬志把身體往前傾，手懸在半空中……。顯示器上只剩十五秒了。

要是猜錯了怎麼辦？

如果按下錯誤的鈕，他就得為大型強子對撞機的爆炸負責，其中還包括了大型強子對撞機實驗園區裡所有人的生命以及所有的實驗設施。

這時，喬志想起一件讓他覺不太對勁事。艾瑞克曾經提過，所有量子理論的觀察基本上是不可預測的（艾瑞克用的形容詞其實是「不確定的」）。物理學家只能計算某個特別結果的**可能性**，而且，除非是在特別的情況下，可能性才會變成確定性。瑞普如何強制炸彈去選擇「希喜」呢？喬志低頭看著布奇留給他的紙團，頓時豁然開朗。原來，紙團上那行符號最後一個字不是一個數字，而是英文字母 H 的大寫，指的就是「希格斯」。

顯示器繼續倒數──九──八──七──六──五──，當喬志終於搞清楚整件事的來龍去脈，他按下鈕，選擇「希喜！」這種飲料。

　　說時遲，當時快，飲料販賣機的燈光驟然停止閃爍，只剩
「希喜！」按鈕的燈繼續閃。顯示器上的時間停留在倒數四秒。
輸入代碼這幾個字像跑馬燈上的字一樣，在飲料鈕旁的視窗跑來
跑去。

　　喬志接著輸入布奇給他的那一串數字，一輸入，整台販賣機
立刻開始運轉，販賣機的燈也亮了起來。顯示器上的時間消失不
見了，取而代之的是**解除**這兩個字。

　　喬志和安妮不可置信地看著眼前發生的事，咚的一聲，一罐
飲料重重地落到販賣機底部透明的取物槽。接著，販賣機又回到
安安靜靜的狀態。

　　「唔，我完全沒預料到會有這個！」喬志指著飲料說。

　　薛弟高興地發出呼嚕呼嚕的聲音，安妮則是大大地鬆了一口
氣，一屁股坐在地板上。安妮的屁股都還沒有坐熱，就傳來其他
的聲音——厚重的門猛然被推開，一陣陣腳步聲越來越近，艾瑞
克一副不修邊幅的樣子來到大型機械旁邊。當他看到孩子們的時
候，立刻停下腳步。

　　「安妮！喬志！到底發生了什麼事？」艾瑞克驚叫。這時，
艾瑞克身後冒出了一大群看起來很困惑的科學家，他們在第一時
間就抵達超導環場探測器的地穴。

　　當警報器響起時，所有的科學家們很快就知道有兩位小朋友
闖入超導環場探測器的地穴！一群科學家們聚集在顯示入侵者影
像的電腦螢幕前面，艾瑞克推開這群人，往螢幕一看，赫然發現
這兩個入侵者竟然跟他女兒安妮以及她最要好的朋友喬志長得幾

乎一模一樣，不免心頭一震。

　　艾瑞克和其他的科學家震驚地看著兩個小身影在超導環場探測器前的樓梯出現，一眨眼就在監視器前消失不見了。艾瑞克當下立刻採取行動，從觸發系統室往超導環場探測器的方向跑去了。他決定不理會其他的科學家，先跟上去再說。

　　「爹地！」安妮整個人撲倒在艾瑞克的懷裡，給他一個擁抱。「你沒事了！大型強子對撞機不會爆炸了！科學界不會因此完蛋了！」

　　「寶貝，妳在胡說些什麼啊？」艾瑞克驚叫。

　　「貝禮司教授，」其中某位科學家說：「可以麻煩你解釋一下嗎？為什麼這兩個小孩──他們顯然認識你，會出現在大型強子對撞機的實驗園區裡面，在這個戒備森嚴的地穴裡觸發連鎖系統，迫使射束截止？」

　　「哎呀，凌博士，不好意思。」艾瑞克說，對剛剛發言的科學家點點頭，表示歉意。

　　「請你好好解釋到底發生了什麼事。」凌博士腋下夾著卡斯摩這台銀色、小巧的筆記型電腦。即便是在匆忙中，從觸發系統室衝到超導環場探測器的這一小段路，緊跟著艾瑞克的凌博士一點也不想讓卡斯摩落單。

　　「呃，恐怕不行！」聽到艾瑞克的回答，其他的科學家不免皺眉。不過，喬志跳出來解圍。「嗯……哈囉，在場的各位，」喬志遲疑了一下子，繼續說：「很抱歉造成大家的困擾了，這台飲料販賣機裡面有一個量子力學炸彈。」

　　「販賣機裡面？可是，它已經故障好久了！從來沒有人用過它……哎呀，」凌博士帶著佩服的語氣說：「這真是一個藏炸彈的好地方。」

　　「如果炸彈爆炸了，」喬志繼續解釋：「整台強子對撞機將會被毀掉。我們——我是指我和安妮，因為我沒有辦法一個人單打獨鬥完成這件事。而我又剛好知道有八個開關可以啟動或解除炸彈，販賣機裡剛好也有八種不同的飲料選擇，這也就意味著每一種口味代表炸彈的一個開關，我們有解除炸彈的代碼，」喬志揮揮一團紙，紙團上面寫著布奇留下來的代碼，「而且，我們也知

道設計炸彈的那個人已經祕密觀察過了。所以,我們唯一要做的就是找出來哪一個是正確的選項——不過就是選一個正確的飲料罷了。我們認為是『希喜』代表的是『希格斯』粒子,就是正確的答案,因為,其他的飲料代表的都是**已知**的實際存在的粒子,只有希格斯是理論上的粒子,在強子對撞機的實驗園區裡還沒有經由實驗被證實過。事實上,」喬志看了安妮一眼,「這的的確

確是正確的答案，因為我手上的代碼就是以『H』結尾，指的就是希格斯。總之，我們就選了希格斯，輸入代碼，炸彈就被成功解除了。」

「啊……這可是希格斯第一次在強子對撞機的實驗園區裡被好好觀察到，而且這個觀察竟然是經由一台飲料販賣機！」某位科學家說。

其他的科學家在底下竊竊私語，嘀咕著說：「量子力學炸彈？怎麼有人會想出這麼喪心病狂的手段？」

「可是，這麼恐怖的事怎麼會發生呢？誰會想要造成這麼全面性的毀滅呢？」凌博士緊張地說。

喬志和安妮彼此對看。這回，安妮站了起來，開始解釋整件事的前因後果。

「反萬有引力增加理論學派這個組織……」一聽到這個名字，科學家們紛紛怨聲載道起來。無視科學家的抱怨，安妮繼續解釋：「他們打算趁著大家聚集在這裡的時候，把強子對撞機炸掉，讓事情看起來是因為高能的實驗出差錯了。他們以為這樣做可以一石二鳥——世界上最厲害的科學家都死了，**而且**，一般大眾會誤認為這類的實驗實在是太危險了，不應該繼續嘗試。」

「我覺得說不通，」凌博士說：「他們怎麼能辦到呢？在強子對撞機的實驗園區裡面，我們的安檢可是滴水不漏。他們怎麼有可能混進來？」

「他們有臥底的。」喬志解釋。

「是盧魯賓，對不對」？艾瑞克帶著難過的語氣說：「他背叛

272

了我們，對不對？喬志，你知道原因嗎？」

看到艾瑞克這麼難過，喬志也不忍心再提起盧魯賓變節的行徑。但是，他終究還是得回答艾瑞克的問題。

「呃，是這樣的，安妮和我認為盧魯賓要把舊卡斯摩當成時光機來使用，他想回到過去竄改歷史。他想要讓他的理論——那些大家都已經忘記的理論，變成是正確的，相反的，你的理論就變成是錯的。他也想要試著證明，大型強子對撞機會像他所預測的一樣，真的會爆炸。這麼一來，他自己的理論就可以看起來是對的。」

艾瑞克摘下眼鏡，用衣角擦一擦鏡片：「唉，可憐的老教授。」

「**可憐的老教授**？艾瑞克，你這樣說是什麼意思？」喬志憤憤不平地說。「他想要把我們全部的人都炸掉耶？他一點都不值得我們同情。」

「他一定是瘋了才會這樣，」艾瑞克搖著頭，無奈地說：「我所認識的盧魯賓絕對不會做出這種事。他知道科學是一個持續不斷的故事，它不是誰對誰錯，而是往前邁進。它是盡自己最大的能力，讓之後的科學家可以根據之前的發現而在研究上有所進展。很有可能你的理論不被贊同，可是，這也是你必須承擔的風險。創新也同時意味著冒險。如果你不作一些新的嘗試，你將不會達成任何有意義的成就。當然了，我們有時候也會犯錯，可是，意義就在這裡——放膽去試試看，失敗了就重新再來一次。最重要的是我們要不斷地往前進。不只是科學，人生也應該是如

此。」

「的確如此，」凌博士補充：「最大的挑戰往往不在於預測的結果是正確的，而是預測錯誤時，我們反而能從中發現新的資訊，這也意味著我們必須改變之前的想法。」

這時，凌博士的呼叫器響起，所有其他科學家的呼叫器也跟著狂響，發出啾啾啾的聲音，好像一群椋鳥飛進房間似的。在場的每個人都拿起呼叫器，看看裡面的訊息寫些什麼。有人高興地發出狂歡聲。

「怎麼了？發生了什麼事」喬志問艾瑞克。

艾瑞克抱著喬志和安妮，說：「是超導環場探測器！它有新的結果了！就在我們最不看好它的時候！它提供了關於早期宇宙的新資料了。如果我可以把資料放進卡斯摩裡面……」艾瑞克的聲音變得越來越小聲。

在場的科學家們紛紛想起還有一個大問題還沒解決——艾瑞克是否能繼續擔任卡斯摩的監護人。一想到這裡，全部的人都不敢吭聲。

凌博士站在那裡，沉思了一會，很有禮貌地說：「貝禮司教授，在著手研究這個振奮人心的資料之前，我相信我們必須先解決一件事。在我要求科學探究會表決你是否應該繼續擔任卡斯摩唯一的監護人之前，我想知道——為什麼這兩位小朋友會知道這麼多？他們不過是小孩子而已，怎麼能運用他們所知道的量子理論，成功地阻止一場科學上的浩劫呢？如果今天大型強子對撞機真的爆炸了，人類在科學的進展將倒退好幾百年。」

艾瑞克沒有機會回答這個問題,因為喬志搶先他一步。

「我可以告訴你答案。」喬志回答:「我們會知道這些各式各樣的知識,那是因為艾瑞克總是會解釋給我們知道。他不是只有**告訴**我們而已,他讓我們跟著他去旅行,所以,我們必須自己親

自動手,把事情處理好。他藉著把知識灌輸給我們,來幫助我們,不僅僅如此,他還要我們動腦,讓知識成為有用的東西。」

「他用卡斯摩來做這些事?」凌博士詢問。

「卡斯摩幫助艾瑞克讓事情變得比較有趣,我們兩個也覺得很新鮮。如此一來,我們學到很多知識,當我們遇到新的挑戰和困難時,我們知道該如何把我們以前學到的知識運用到不同的情況,試著想出解決方法。除此之外,」喬志擔心地瞄了艾瑞克一

眼，決定繼續說下去，「如果不是瑞普博士，我們也沒辦法拯救大家的性命以及保護大型強子對撞機。瑞普博士冒著生命的危險，加入了反萬有引力增加理論學派。一旦他們發現瑞普背叛他們，誰知道他們會對他做什麼呢？而且，他把自己虛擬到太空去，把炸彈的事一五一十地告訴我。如果沒有他，我們絕不可能成功阻止反萬有引力增加理論學派那些人的陰謀。所以，可以請你們重新考慮讓他再度加入科學探究會嗎？他真的值得被熱烈歡迎，重新歸隊。」

「嗯，非常有意思。這件事我也會請大家一併表決。贊成艾瑞克・貝禮司繼續使用卡斯摩的會員，請舉手。」

手密密麻麻地舉了起來，壓倒性通過這個提案。

「反對的人呢？」

沒有一隻手舉起來。

「贊成瑞普・葛拉漢重新加入科學探究會的人？」

雖然艾瑞克的手舉起來了，可是離「同意」還差兩票。

「喬志和安妮，」艾瑞克開心地說：「我相信你們兩位都是科學探究會的會員，你們願意投票嗎？」

兩人微微笑，舉起他們的手。

「既然那樣，」凌博士對著艾瑞克說：「我把卡斯摩交還給你，讓你再次擔任它的監護人。同時，我們也會找到瑞普博士，重新把科學探究會的會員資格頒發給他，感謝他拯救科學免於毀滅……」

「謝謝你們，」艾瑞克說，感激涕零地抓著卡斯摩。「謝謝你，

凌博士。科學探究會的同事，謝謝你們。最重要的，安妮和喬志，非常謝謝**你們**。」

「對了，還有一件事要跟你說，」當眾人紛紛解散，走向電梯時，凌博士說：「貝禮司教授，無論如何，你不能再拿超級電腦載送豬隻了。我拜託你了。」

「當然，當然，」艾瑞克連忙接口：「下一次如果要載豬，我會開車載牠……但我要先找得到牠。」艾瑞克喃喃自語地補上最後一句話。當他檢查了關於宇宙起源的實驗結果後，找到肥弟是最重要的待辦事項。

「對了，順便跟你提一下，」排隊等電梯時，凌博士隨口說：「你有在這裡看到一隻**貓**嗎？我簡直不敢相信我的眼睛——貓怎麼有辦法跑進來呢？」

「喔，有，那是薛弟，牠是——」安妮正要解釋，卻立刻閉嘴了。環顧四周，什麼貓的影子都沒有。

「或許那隻貓牠跑到另一個維度去了。」安妮訝異地推測：「畢竟，如果 M 理論是正確的話，薛弟可是有十個維度可以選擇呢。」

「薛弟？」凌博士一頭霧水地問。

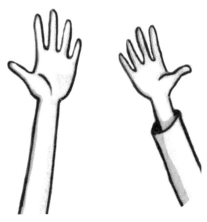

「牠是安妮想像出來的朋友，」喬志堅決地說：「安妮還小，腦袋裡面還裝著一些不切實際的東西——唉呦喂！我的媽！安妮，放開我……」

我們要如何把愛因斯坦描述重力和整個宇宙樣貌的古典廣義相對論，和解釋微小基本粒子和重力之外所有作用力的量子理論結合在一起呢？

目前最成功的嘗試都牽涉到「額外的空間維度（extra space dimensions）」和超對稱性（supersymmetry）。

這些額外維度被非常緊密地捲起來，以致於無法在大型物體上觀察到它們。

而超對稱性則意味著更多的基本粒子：例如對應光子的光微子（photino）與對應夸克的純量夸克（squark），LHC可能會偵測到這些粒子甚至是額外的維度。

超弦（超對稱的弦，supersymmetric strings）理論以微小的弦（線）來取代粒子（點）。這些弦藉由不同的振動方式而表現出不同的粒子的樣子，就像同一條吉他弦上的不同音高。雖然這種說法聽起來很奇怪，但它可以用來解釋重力！

超弦必須存在於十維空間，所以一定有六個額外維度被藏了起來。但我們目前還不瞭解這到底是如何發生的。

1995年物理學家愛德華維騰（Ed Witten）認為各種超弦理論都只是某個11維度理論的不同近似，他把這個理論稱為M理論（M-theory）。

科學家們對於M理論的「M」究竟代表什麼意見分歧。它可能是神奇理論、謎理論、主理論、母理論、或許膜理論？未來一代的物理學家將會找出答案。

科學家已經在M理論上耗費非常多的心力，但仍無法掌握其全貌，也不確定它是否就是萬有理論。

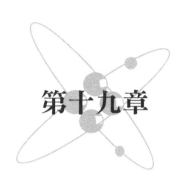

第十九章

在歐洲核子研究組織控制室的一樓，科學家們歡欣鼓舞地聚在一排電腦螢幕前，檢視超導環場探測器以及在隧道裡進行高能碰撞所發現的新數據。艾瑞克和凌博士忙著把這個意外的好結果輸進卡斯摩。

「這真個振奮人心的好消息，」艾瑞克興沖沖地對著喬志和安妮說：「從超導環場探測器得來的這個新資訊可以讓我們

用卡斯摩來進行回溯宇宙早期的模擬。我們可以從今天一直回溯到一百三十七億年前。這個模擬一定很精彩！」

「嗯，爹地……」安妮提醒：「在你做實驗之前，可以先打個電話給媽咪嗎？她很擔心你呢。她一定很想知道你現在沒事了。」

「喔，當然沒問題！」艾瑞克拿起桌上的手機，按了家裡電話的快速鍵。

「哈囉，蘇珊！」艾瑞克對著手機說：「是，是，我沒事……什麼？安妮？不見了？沒有啦，她現在跟我在一起……她怎麼到瑞士的？嗯——唉，這真是一言難盡……回去在和你解釋，不不不，喬志也在我這裡……是，我們會準時回家，慶祝我們的結婚紀念日……沒有，我沒忘，我記得我答應過妳，要去拿結婚紀念日的蛋糕……」

當艾瑞克正費勁解釋兩個小孩怎麼平安無事地出現在大型強子對撞機實驗園區時，喬志輕輕地拍拍凌博士的肩膀。

「凌博士，反萬有引力增加理論學派怎麼辦呢？他們會怎麼樣？」喬志問。

凌博士一臉嚴肅的表情，對著喬志說：「我已經發布國際警戒了。我希望能夠找到這些人，將他們繩之以法，他們的所作所為已經危害到別人的生命。如果不是你們兩個，今天注定會是場悲劇。」

「你會找到他們嗎？」

「只要他們還在地球上一天，我就會追究到底。」

「反萬有引力增加理論學派並沒有試著去維護大家的安全與利益，對不對？他們只是要嚇唬大家，讓大家參加他們的組織。」喬志問。

「喬志，你說的一點也沒錯。他們假裝追求全人類的益處，可是事實並非如此。他們用良好的動機去隱藏敗壞的行為——這麼做真的很邪惡。」凌博士說。

「我的老爸老媽對科學實在沒有什麼好感，」喬志老實承認。「他們認為科學危害地球，而他們現在正嘗試過著對地球環境友善的生活。」

「他們這群人的意見正是我們科學家應該傾聽的，我們不應該忽略他們的觀點。地球是我們大家的，我們應該攜手合作，產生好的影響力。」

聽到這番話，喬志深深地為老爸老媽感到驕傲。

這時，安妮把手機從她爹地手中拿過來，撥了電話給遠在福克斯鎮的文森。

「你說你做了什麼？！」安妮忍不住大笑，一隻手摀住電話，轉身對喬志說：「文森把盧魯賓放進去薛丁格的逆向陷阱裡面了！文森打開穿梭門的時候，盧魯賓剛好醒過來，於是文森就順手把他推進去了！」

喬志從安妮手上拿過手機。「哇！文森，幹得漂亮！」喬志佩服地對文森說。喬志必須承認，他非常感激有文森的幫忙。或許，也僅僅是或許而已，他和文森將來可能變成朋友。

電話的另一頭，文森大笑，謙虛地說：「總之，小事一樁！

這跟你做的比起來，簡直是小巫見大巫。我只是覺得，在艾瑞克回來以前，那個房間是關盧魯賓最安全的地方了。你知道嗎？我現在可以在螢幕上看到他——他簡直氣炸了！我把門鎖上了，所以他再也不能把門打開了。」

「他能逃出來嗎？」喬志問。

「別想，」艾瑞克剛好聽到孩子們的對話，插嘴說：「盧魯賓確定是被關在那裡了，一直到我們回到福克斯鎮之前——我們明天搭飛機回去，就像一般人那樣。孩子們，你們不用擔心，盧魯賓的事，我回去之後會處理。對了，喬志，我也記得要找到肥弟，我們也會幫牠找一個固定的家。」

安妮從喬志手中搶回手機。「掰，森哥！」安妮開心地說：「明天見了！我得掛電話了。我爹地要在卡斯摩上面播放宇宙從今天到過去的樣子！我們將要回到萬有最起初的時候，看看大霹靂是怎麼一回事！」

艾瑞克坐在超級電腦前不斷地敲著鍵盤，凌博士在艾瑞克身後專注地盯著電腦。一小群科學家安安靜靜地圍在艾瑞克和凌博士身旁，一直盯著螢幕看。喬志和安妮擠過那群科學家，搶了一個可以看到螢幕的位置。一列又一列的數字飛快地跑過螢幕，角落有一個圖形，圖形上面有一條紅線，緩慢地經過螢幕，並往螢幕下半部移動。艾瑞克指著紅線說：「那個紅線的數據就是宇宙的直徑。隨著卡斯摩越來越接近大霹靂，它會越縮越小，最後趨近於零。」

喬志往前一看，紅色的線條突然陡峭地往下落，幾乎垂直地

衝向圖片的底部。「那是暴脹，是一段依指數率高速膨脹的期間。我們已經深入宇宙生命的第一秒鐘了。」凌博士低聲說。

控制室裡鴉雀無聲，除了電腦和冷氣發出的低頻噪音。喬志的眼睛沒辦法從這個小線條離開。它幾乎快碰到螢幕的底部了，接著，它似乎上升了一點點。線條還是持續掉落，不過掉落的曲線已經沒那麼陡了。

喬志眼睜睜地看著線條的起伏，它又重複上述的模式。喬志

身後有人忍不住深深地吸了一口氣。喬志偷偷看了艾瑞克一眼，看到艾瑞克樂得眉開眼笑，眼睛跟著不斷變化的數字列來來回回的轉動。

「這不是我們原先所預期的！這跟我們原先預期的差太遠了！」艾瑞克自言自語地說。

「什麼？什麼？」安妮問。

艾瑞克轉身面對安妮，笑得很開心。「新物理學！安妮，這是我們從一開始就希望看到的。妳看，在大霹靂的時候似乎完全沒有！」艾瑞克轉向卡斯摩，飛快地在鍵盤上下指令。

安妮轉向喬志，問：「沒有什麼？」

喬志依然專心地看著圖形。小線條還是往下直直落，不過坡度已經平緩了很多，好像緊緊靠著螢幕底部，幾乎呈現水平的狀態。喬志回答：「我想，我知道了……」

艾瑞克帶著勝利的神情坐回椅子上，大聲說：「你們等著看吧！」接著，他把上半身往前傾，在鍵盤上按下 F4。這麼一按，一小束亮光立即從卡斯摩的螢幕射了出來，在科學家們、凌博士、艾瑞克、安妮和喬志一群人的頭頂上，在半空中迅速畫出視窗的形狀。剛開始的時候，視窗看起來黑黑的，有個圓圓的模糊物體懸在視窗中間。剎那間，混著藍色和綠色的球體變成輪廓鮮明的焦點，這群人看到的正是繞著軸心轉動的地球，沿著軌道繞著太陽——也就是地球的母星球。卡斯摩把視窗拉近到地球，好讓大家把地球看個清楚。熟悉的陸地和海洋、涵蓋地球絕大部分地表的沙漠和森林，在這個美麗又宜人居住的行星，地球的表面

似乎正在改變形狀……。

時間：二十萬年前

現代人類誕生

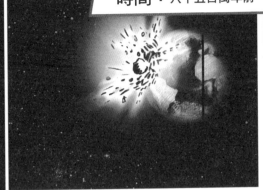

時間：六千五百萬年前

恐龍紀元結束

時間：一億七千五百萬年前

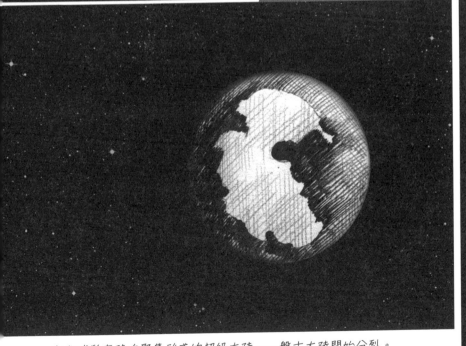

由地球所有陸塊聚集形成的超級大陸——盤古大陸開始分裂。

時間：約兩億年前

恐龍開始在地球漫遊。

時間：約二十億年前

10億 =
一百萬的一千倍

光合作用所產生的氧氣開始
聚集在地球大氣層內。

時間：約三十五億年前

生物首次在
地球上出現……

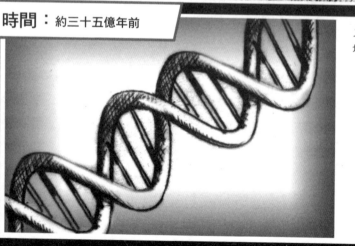

早期的地球是個危險的地方……

……太陽系初期，行星逐漸形成時也是如此。

太陽誕生了。

時間： 約四十六億年前

美麗的螺旋星系——銀河

第一代恆星爆炸，混合各種不同的原子
噴發到太空中，組成下一代的恆星遍布
整個宇宙。

小片的雲氣塌縮成一團，溫度升高開
始釋出核能，形成了第一代恆星。

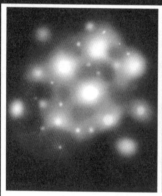

一團團濃密的暗物質與
氣體因為重力而吸引在
一起。

宇宙黑暗時代持續了好
幾億年。

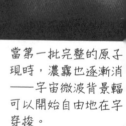

當第一批完整的原子出
現時，濃霧也逐漸消散
——宇宙微波背景輻射
可以開始自由地在宇宙
穿梭。

時間：再早約五億年——約大霹靂以後三十八萬年

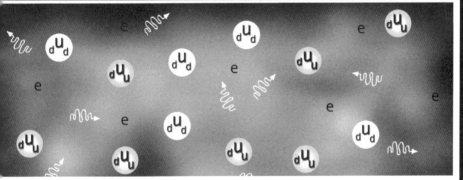

第一批核子形成時，高溫
濃霧瀰漫著整個宇宙。

夸克—膠子電漿」離子體冷卻下來後，讓質子與中子可以形成，物質與反物質互相
成，產生了光子（光的微粒子），但這些光子在濃霧般的電漿中無法長距離移動。

所有粒子藉由希格斯場的作用而獲得
質量。

宇宙剛剛結束暴脹，並且釋出巨大的
能量。整個宇宙充滿「夸克—膠子電
漿」離子體。

時間： 宇宙暴脹時期，幾乎與大霹靂同時發生……

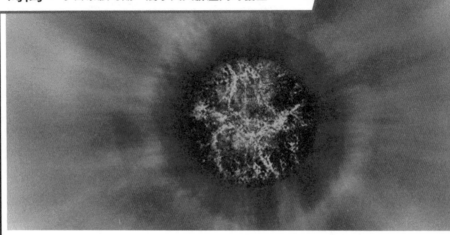

當我們越來越靠近大霹靂的時刻，宇宙以超快的速度縮小。

時間： 普朗克時期——新物理學！

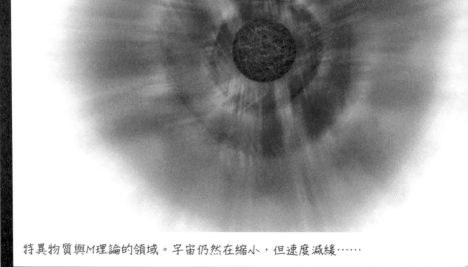

特異物質與M理論的領域。宇宙仍然在縮小，但速度減緩……

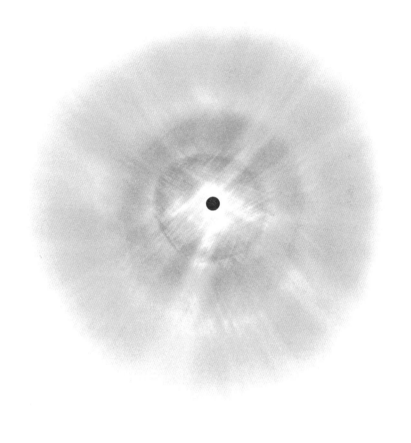

這是我們認知中的時間與空間的起始點，但是宇宙依然存在，只是不可思議地
小，並且持續在縮小中。也許宇宙終究是不會達到奇點……

致謝

　　一本像《勇闖宇宙三部曲》的書絕非憑空而來，這是眾人參與其中，才得以順利出版。能夠創作《勇闖宇宙》系列——特別是三部曲，感到莫大的光榮。首先，感謝藍燈書屋童書部全體工作團隊，謝謝你們陪伴著喬志一起冒險。在此特別感謝我那位好得無話可說的編輯蘇‧庫克（Sue Cook），她讓喬志從靈光乍現的點子化身為一套三部曲的系列叢書。謝謝安妮‧依頓（Annie Eaton）的遠見和熱忱，讓年輕的讀者能有機會接觸到科學。其他藍燈書屋童書部的工作伙伴兼好友：傑西卡‧克拉克（Jessica Clarke）、蘇菲‧尼爾森（Sophie Nelson）、米芙‧班翰（Maeve Banham）、茱莉葉‧克拉克（Juliette Clark）、蘿倫‧巴克藍（Lauren Buckland）、芭妮妮‧舟琶萊（Bhavini Jolapara）、瑪格麗特‧后波（Margaret Hope）、詹姆士‧費傑（James Fraser）以及克萊爾‧藍斯理（Clair Lansley），謝謝你們在《勇闖宇宙》系列的優秀表現。對於任職於強克羅及耐斯比出版公司（Janklow and Nesbit）的克萊爾‧派德森（Claire Paterson）、克斯蒂‧郭登（Kirsty Gordon）、路克‧強克羅（Luke Janklow）以及珠莉‧賈司特（Julie Just），我也同時致上謝意。

蓋瑞・帕爾森（Garry Parson）賦予喬志、他的朋友和他的敵人個性與魅力，讓角色生動靈活。他這次甚至挑戰了回溯宇宙的插圖。萬分感謝研究員史都特・瑞金（Stuart Rankin），如果沒有他，沒有人會知道薛丁格的逆向陷阱。史都特的貢獻也包含了大霹靂的短文以及淺顯易懂的量子理論說明和其他不尋常的有趣現象。同時，我也打從心底感謝任職於馬克斯普朗克科學促進協會（Max Planck Institute）的馬克思・波娑羅（Markus Poessel），他對書稿提供了非常精闢的見解。

再度感謝一群頂尖的科學家向年輕的讀者解釋他們的研究內容，謹謹一一感謝保羅・戴維斯（Paul Davies）、麥可・透訥（Michael S. Turner）、科波・索恩（Kip S. Thorne）了不起的貢獻。我也要跟美國國家航空暨太空總署的洛傑・衛司（Roger Weiss）說聲謝謝，感謝他的攝影專業讓宇宙的奧祕增色不少，也謝謝所有在美國國家航空暨太空總署的朋友們提供我們使用宇宙圖像的機會。

也謝謝我所有在亞利桑那州立大學的朋友及同事們的幫忙。當我擔任駐校作家時，他們給我一年美好的時光以及住所，讓我可以完成這本書。

最重要的，我真的很感謝年輕的讀者，謝謝你們這麼期待《勇闖宇宙》系列！祝福你們所有的宇宙旅行一切順利。

露西

知識叢書 1040

勇闖宇宙三部曲——宇宙起源大霹靂
GEORGE AND THE BIG BANG

作者	露西·霍金（Lucy Hawking）& 史蒂芬·霍金（Stephen Hawking）
插畫	蓋瑞·帕爾森（Garry Parsons）
譯者	張虹麗、顏誠廷
知識審訂	金升光
主編	林馨琴
責任編輯	李筱婷
封面繪圖	BO2
美術編輯	張瑜卿
執行企畫	林貞嫻
董事長	趙政岷
出版者	時報文化出版企業股份有限公司
	108019台北市和平西路三段二四○號三樓
發行專線	（○二）二三○六六八四二
讀者服務專線	○八○○二三一七○五·（○二）二三○四七一○三
讀者服務傳真	（○二）二三○四六八五八
郵撥	一九三四四七二四時報文化出版公司
信箱	10899臺北華江橋郵局第九九信箱
時報悅讀網	http://www.readingtimes.com.tw
電子郵件信箱	history@readingtimes.com.tw
法律顧問	理律法律事務所　陳長文律師、李念祖律師
印刷	勁達印刷有限公司
初版一刷	二○一一年十月二十八日
初版六刷	二○二一年十月二十七日
定價	新台幣三五○元

（頁或破損的書，請寄回更換）

時報文化出版公司成立於一九七五年，
並於一九九九年股票上櫃公開發行，於二○○八年脫離中時集團非屬旺中，
以「尊重智慧與創意的文化事業」為信念。

勇闖宇宙三部曲：宇宙起源大霹靂 / 露
西·霍金(Lucy Hawking), 史蒂芬·霍金
(Stephen Hawking)著；張虹麗, 嚴誠廷譯.
-- 初版. -- 臺北市：時報文化, 2011.10
　面；　公分. -- (知識叢書；1040)
譯自：George and the big bang
ISBN 978-957-13-5454-5(平裝)

873.59　　　　　　　　　100020707

ISBN: 978-957-13-5454-5
Printed in Taiwan